HEYNE <

Zum Buch

Die junge Alice ist Tibeterin, doch bereits in frühester Kindheit wurde sie von einem Schweizer Ehepaar adoptiert und hat daher keinerlei Bezug zu ihren tibetischen Ursprüngen. Seit der Scheidung ihrer Eltern lebt sie mit ihrer Mutter in einer Wohnung am Stadtrand von Zürich. Als Alices Mutter sich in Clemens verliebt, zieht sich Alice zurück. Durch Zufall lernt sie eine tibetische Familie kennen und findet dort den Rückhalt, den sie in ihrer eigenen Familie vermisst. Sie gewinnt Einblick in die fremde und doch vertraute Kultur Tibets. Vor allem die Freundschaft und Liebe zu Tenzin, einem ruhigen tibetischen Jungen, dessen Eltern im Freiheitskampf von den Chinesen ermordet wurden, prägt und beeinflusst Alice. Hineingezogen in die Welt der Tibeter beschließt sie, Medizin zu studieren, um später helfen zu können. Doch die Schwierigkeiten und Probleme mit Clemens und ihrer Mutter spitzen sich zu und ihr scheint nur noch die Flucht zu bleiben.

Zur Autorin

Federica de Cesco, geboren in der Nähe von Venedig, wuchs mehrsprachig in verschiedenen Ländern der Welt auf. Nachdem sie bereits über 50 erfolgreiche Kinder- und Jugendbücher verfasst hatte, schrieb sie mit »Silbermuschel« ihren ersten Roman für erwachsene Leser, der sofort zum Bestseller wurde und dem weitere große Romane folgten (u.a. »Die Tibeterin«). Seit 28 Jahren mit einem japanischen Fotografen verheiratet, lebt Federica de Cesco jetzt in der Schweiz.

Lieferbare Titel

»Im Herzen der Sahara« (3-453-40039-9)

Federica de Cesco

Fern von Tibet

Roman

WILHELM HEYNE VERLAG
MÜNCHEN

Die Originalausgabe
FERN VON TIBET
erschien 1996 bei Aare Verlag, Aarau, Frankfurt am Main, Salzburg

FSC
Mix
Produktgruppe aus vorbildlich
bewirtschafteten Wäldern und
anderen kontrollierten Herkünften

Zert.-Nr. SGS-COC-1940
www.fsc.org
© 1996 Forest Stewardship Council

Verlagsgruppe Random House
FSC-DEU-0100
Das FSC-zertifizierte Papier *München Super*
für Taschenbücher aus dem Heyne Verlag
liefert Mochenwangen Papier.

2. Auflage
Taschenbucherstausgabe 09/2005

Printed in Germany 2005
Umschlagillustration: © IFA-Bilderteam/Montgomery
Umschlaggestaltung: Hauptmann und Kompanie Werbeagentur,
München-Zürich
Satz: hanseatenSatz-bremen, Bremen
Druck und Bindung: GGP Media GmbH, Pößneck
ISBN-10: 3-453-40112-3
ISBN-13: 978-3-453-40112-9

http://www.heyne.de

Für Dechen Dolkar

Ich glaube, ich habe meinen Mitmenschen – Mitschwestern und Mitbrüdern –, aber auch den Tieren gedient.

DER DALAI-LAMA

KAPITEL 1

Ich erwachte, streckte mich und blinzelte. Die Sonne schien, und es duftete nach Kaffee. Ich brauchte keinen Wecker. Der Schulstress riss mich pünktlich jeden Morgen um halb sieben aus dem Schlaf. Meine Eltern sind geschieden. Ich wohnte mit meiner Mutter in einem Neubauviertel am Stadtrand von Zürich: vier kleine Zimmer, Küche, Bad. Nicht übel. Aber der Schulweg war lang, vier Kilometer in die nächstgelegene Vorstadt, bei jedem Wetter, Mittagessen im Selbstbedienungsrestaurant, dann die gleiche Strecke wieder zurück. Früher hatte ich ein Moped, da brauchte ich mich nicht so anzustrengen, aber heutzutage wurden Schüler, die mit dem Moped fuhren, schief angesehen. Also bekam ich ein Rad, mit allem Schnickschnack, stand morgens eine halbe Stunde eher auf und strampelte. In die Stadt fuhr ich normalerweise mit der Straßenbahn. Der Verkehr war schlimm. Meine Mutter hatte Angst, dass ich überfahren würde. Tatsächlich hatten manche Autofahrer das Zeug zum potentiellen Serienkiller, hauptsächlich am Freitagabend.

Ich stellte mich unter die Dusche, zog frische Jeans und ein sauberes T-Shirt an. Ich brauchte fünf Minuten, um mein Haar trocken zu fönen; eigentlich hätte ich es längst wieder schneiden sollen – meine

Mutter sagte: »Dein Haar ist das Schönste, was du hast«, und das bedeutete für mich, dass ich nicht besonders toll aussah.

Sie stand in der Küche, als ich kam. Sie war noch verschlafen, mit einer Zigarette im Mund. Ich fand es scheußlich, dass meine Mutter rauchte, und riss sofort das Fenster weit auf. Sie stieß den Rauch durch die Nase.

»Bin ich dir widerlich?«

»Es stinkt.«

»Ich kann mir das nicht von einem Tag auf den anderen abgewöhnen«, erwiderte sie. »Und wenn ich das Rauchen aufgebe, werde ich fett.«

Meine Mutter war strichdünn, fast ohne Busen, mit einem ganz flachen Bauch. Sie trug einen Bürstenschnitt; von hinten sah sie wie ein Junge aus.

»Ein bisschen Willen gehört schon dazu«, sagte ich.

Sie steckte eine Scheibe Weißbrot in den Toaster.

»Du hast gut reden, Alice. Hab du erst mal einen Beruf, und das ganze Zeug am Hals ... und eine Kasse, die abends stimmen muss.«

Meine Mutter war Verkäuferin in der Schreibwarenhandlung Peter. Das Geschäft hatte mehrere Filialen. Meine Mutter arbeitete im Hauptgeschäft, in der Zürcher Altstadt, ganz nahe am See.

Die Kaffeemaschine blubberte. Ich holte Butter und Marmelade aus dem Kühlschrank.

»Was macht ihr heute in der Schule?«, fragte meine Mutter.

»Ach, nichts«, brummte ich. »Wir sitzen einfach

nur da.« Die Schule: ein Bau aus den siebziger Jahren, eine richtige Schülerfabrik. Beton, Glas, Kunststoff, dazwischen ein Pausenhof, wo man im Sommer schwitzt und sich im Winter eine Lungenentzündung holt. In den letzten Jahren hatten die Schüler dort die Wände besprayt. Den ersten war es an den Kragen gegangen: Strafgelder, Verweise. Dann rückten ganze Kommandos nachts an, schrieben gemeine Sprüche an die Wände. Schließlich wurde es dem Schulamt zu teuer. Man sagte den Schülern, sie dürften die Wände »dekorieren«, ihrer Fantasie »freien Lauf« lassen. Aber was erlaubt ist, macht keinen Spaß mehr. Ein paar Schüler bemalten die Wände mit Comic-Strip-Monstern, dann war endgültig Schluss.

Ich schloss gerade mein Fahrrad mit der Kette, als Frau Richter über den Schulhof auf mich zukam. Frau Richter war unsere Klassenlehrerin.

Ich ahnte Böses.

»Alice.«

Ich blieb stehen, senkte den Kopf.

»Ich möchte einen Augenblick mit dir reden.«

Sie sagte es in dem Ton, den sie immer anschlug, wenn sie etwas durchsetzen wollte. Ich versuchte, sie zu ignorieren. »Alice, was ist los? Früher warst du so gut in Algebra, aber deine letzte Mathearbeit ist eine Katastrophe. Du meldest dich kaum, deine Aufsätze sind schlecht. Dabei ist dieses Jahr so wichtig für dich! Wir wollen doch beide, dass du nächstes Jahr noch aufs Gymnasium wechseln kannst.«

Ich zwirbelte an einer Haarsträhne herum. Mir war egal, ob ich es schaffte oder nicht. Wozu auch?

»Meine Mutter sagt, dass es sich für ein Mädchen nicht lohnt. Sie hat mit ihrem Chef gesprochen. Im Frühjahr kann ich als Lehrling bei ihm anfangen.«

»So?«, meinte Frau Richter streng. »Das finde ich aber sehr schade. Ich hatte gehofft, du würdest noch das Abitur machen.«

Ich zog die Schultern hoch. Eine Zeit lang war ich auf dem besten Weg gewesen. Und plötzlich nicht mehr weitergegangen. Irgendwie hing das mit meinen Eltern zusammen. Der ewige Krach damals, bevor es zur Scheidung kam. Entweder schrien sie sich an, oder sie redeten kein Wort miteinander, nicht einmal bei Tisch. Ich wusste, dass beide in dieser Zeit zu einem Eheberater gingen. Was dort passierte, wusste ich nicht. Wahrscheinlich saßen sie nur da und redeten über ihre Probleme. Eines Tages hat mein Vater dann seine Sachen gepackt und die Scheidung beantragt. Doris, meine Mutter, hat jubiliert: So, jetzt muss er mir Geld geben, dachte sie. Irrtum: Er hatte nur für mich zu zahlen. Worauf wir in eine billige Wohnung ziehen mussten und Doris wieder ganztags arbeitete. Und zu dem ganzen Ärger kam noch die Sache mit Stefan, meinem neuen Freund. Kurzum, ich hatte alles Mögliche im Kopf, nur nicht die Schule. Und was die Richter sagte, war mir egal.

»Die Ausbildung ist wichtig, Alice. Sie ist das Kapital deines Lebens.«

Blabla, dachte ich und blieb stumm wie ein Fisch.

»Dir fehlt es an Ehrgeiz«, fuhr Frau Richter eindringlich fort. »Ein intelligentes Mädchen wie du sollte ein Ziel vor Augen haben.«

Welches Ziel? Mich interessierte im Augenblick nicht viel. Außer Stefan vielleicht, und der auch nur in Grenzen.

»Hallo, Pocahontas!« So hatte er mich damals angesprochen. Ich hatte den Film nicht gesehen – über das Alter war ich hinaus –, aber die Bilder waren überall, in jedem Kaufhaus und in jeder Zeitschrift.

»Stuss!«, sagte ich.

Stefan kam aus der Parallelklasse. Er war nicht sehr groß, aber sportlich und gut gebaut. Er hatte helle Augen, lockiges braunes Haar und trug einen kleinen goldenen Ring im linken Ohrläppchen. Viele Mädchen waren scharf auf ihn, weil er in einer Band sang, bei den *Hard Liners.* Und zwar ziemlich gut, wie alle Leute erzählten. Mich hatte er wie Luft behandelt. Bis zu jenem Morgen, an dem er plötzlich kurz vor dem Unterricht vor mir stand.

»Rote Schwester böse auf weißen Bruder?« Stefan rollte dramatisch die Augen. »Kommt gleich mächtiger Vater mit schlimmem Tomahawk?«

Ich musste lachen; er hatte eine entwaffnende Art. Weil ich ein bisschen anders aussehe als andere, werde ich oft angemacht. Meistens hält man mich für eine Thailänderin. Auf das Nachgepfeife und auf so dumme Sprüche wie »Na, Süße, wie wär's mit einem Body-Body?« reagiere ich längst nicht mehr.

»Hör auf mit dem Quatsch. Ich komme aus Tibet.«

»Ist ja egal. Ein paar Federn im Haar – und fertig ist die Squaw!«

»Sehr witzig«, sagte ich.

Er merkte, dass ich genervt war.

»Entschuldige. War nicht böse gemeint. Wollte dir ja nur sagen, dass du besonders aussiehst.«

»So?«, meinte ich schnippisch.

»Apart«, sagte er. »Die anderen haben alle den gleichen Kopf.«

Ich dachte, halt jetzt endlich den Mund.

»Du bist wirklich ganz schön arrogant. Schau doch mal selbst in den Spiegel!«

»Ich bin kurzsichtig.«

»Der scheint hinter dir her zu sein«, sagte meine Freundin Jessica später. »Pass bloß auf, der knutscht mit jeder.«

Ich beneidete Jessica um ihre großen blauen Augen, ihre blonde Naturkrause. Sie selbst fand sich abscheulich.

»Ich habe eine platte Nase und Lippen wie ein Entenschnabel!«

Wir sprachen eine Weile von Stefan. Er war in der Schule keine Leuchte, gab sich aber auch nicht viel Mühe. Sein Vater war Direktor einer Papierfabrik; der Sohnemann sollte später die Berufsschule besuchen und dann das Unternehmen weiterführen. Der Chefsessel war ihm schon vorgewärmt. Inzwischen befasste er sich mit Rockmusik.

Ich traf Stefan in der Pause wieder. Er kam, als Jessica gerade auf dem Klo war und ich draußen auf sie wartete. Ich saß, mit dem Rücken an die Mauer gelehnt, und aß einen Apfel; er setzte sich neben mich, genau da, wo Jessica noch vor einer Minute gesessen hatte.

»Seit wann bist du eigentlich in der Schweiz?«, wollte er wissen.

»Ich wurde als Baby adoptiert.«

»Was war denn mit deinen Eltern?«

»Sie mussten Tibet verlassen.«

»Warum?«

Ich hatte diese Fragen schon tausendmal gehört.

»Weißt du überhaupt, wo Tibet liegt?«, erwiderte ich unwillig.

»In China?«

»Soll ich dir eine knallen?«

Er hob den Arm, um sein Gesicht zu schützen.

»He, lieber nicht!«

Er sah, dass ich richtig wütend war, und fügte hinzu: »Sorry! Über die USA weiß ich ganz gut Bescheid. Ich kann dir genau sagen, wo New York und Los Angeles liegen. Aber von Asien habe ich keine Ahnung ...«

»Dann hat es keinen Sinn, dass wir darüber reden.«

»Sei doch nicht so«, sagte er. »Woher soll ich auch etwas darüber wissen? Unser Lehrer hat gesagt, dass Tibet heute zu China gehört, obwohl das den Tibetern nicht passt. Ich glaube, so ungefähr hat er es gesagt, ich habe nicht richtig zugehört. Du bist die erste Tibeterin, mit der ich rede, und obendrein keine echte mehr. Wenn du adoptiert wurdest, bist du ja Schweizerin. Oder nicht?«

»Stimmt«, antwortete ich matt.

»Und deine richtigen Eltern? Wo sind die jetzt?«

Ich verlor allmählich die Geduld. Es gab Leute, denen man wirklich alles erklären musste. Jessica hatte schon Recht, Stefan war tatsächlich nicht der Hellste.

»Die sind auf der Flucht gestorben. Sie mussten über den Himalaja. Kaum zu glauben, was?«

»Was war denn? Krieg?«

Ich nickte.

»Die Chinesen sagen, Tibet habe vor achthundert Jahren zu China gehört, was eine riesengroße Lüge ist. Tibet war nur eine Zeit lang unter mongolischer Herrschaft. Aber weil das Gebiet strategisch wichtig ist und Bodenschätze hat, besetzten die Chinesen das Land im Jahr 1959; sie behandeln die Bevölkerung seither wie Yakmist.«

»Wie was?«

»Wie Yakmist! Ein Yak ist eine Art Kuh mit langen Haaren und lebt im Himalaja.«

»Ach so. Und warum sind deine Eltern geflohen?«

»Das Leben in Tibet muss ziemlich furchtbar gewesen sein. Tausende von Tibetern gingen ins Exil. Viele wurden dabei getötet. Ich weiß nicht, unter welchen Umständen meine Eltern ums Leben kamen. Ich weiß auch nicht, ob ich Geschwister hatte, ich war ja noch ein Baby. Jedenfalls kümmerten sich andere Flüchtlinge um mich. In Dharamsala – das ist eine Stadt an der indischen Grenze – landete ich in einem Krankenhaus. Verwandte waren nicht aufzutreiben. Also schickte mich das Rote Kreuz in die Schweiz. Ich kam ins Kinderdorf Trogen und wurde zur Adoption freigegeben.«

»Und jetzt heißt du Alice Hofer.«

»Stört dich das?«

»Mich? Überhaupt nicht! Ich finde das alles ziemlich spannend.«

Stefan reckte seine langen Arme und gähnte.

»Uaaah! Jetzt habe ich sogar was dazugelernt. Triffst du dich mit anderen Tibetern?«

»Wozu?«

»Gedankenaustausch.«

Ich zog die Schultern hoch.

»Interessiert mich nicht.«

Nach diesem Gespräch hatten wir uns ein paar Mal getroffen. Natürlich hatte ich schon vorher mit anderen Jungen geknutscht. Aber mit Stefan war es dann zu mehr gekommen.

»Besuch mich doch mal«, hatte er gesagt, »samstags ist bei uns keiner da.«

Das Haus, in dem er wohnte, stand an einem Hang. An diesem Samstag regnete es, der Gartenweg war nass und glitschig.

»Noch vor zwei Jahren konnte man vom Balkon aus über den See blicken«, sagte Stefan. Aber jetzt stand ein Hochhaus davor, das die Sicht völlig versperrte.

»Mein Vater hat ganz schön getobt, als das Projekt bekannt wurde. Er hat sogar bei der Stadtverwaltung Krach geschlagen, aber es hat nichts genützt. Der Klotz wurde uns vor die Nase gesetzt. Und jetzt können uns die Leute in die Schlafzimmer sehen. Nur in meines nicht«, fügte er anzüglich grinsend hinzu.

In Stefans Zimmer herrschte ein Chaos: Jeans, alte Turnschuhe, schmutzige Handtücher, zusammengeknüllte T-Shirts. Ich sah einige Flaschen Bier und Coladosen, einen Stapel Kassetten, eine Stereoanlage und ein Schlagzeug. Überall an den Wänden hingen Poster von Rockmusikern. Das Bett war ungemacht.

Gebrauchsfertig, kam mir in den Sinn.

Wir schmusten ein bisschen. Stefan wollte sofort zur Sache kommen. Ich fragte, ob er einen Gummi habe. Hatte er natürlich nicht. Ich sagte: »Ohne Gummi läuft nichts.« Er schmollte ein wenig.

»Okay«, meinte ich. »Beim nächsten Mal bringe ich welche mit.«

Nach all den Schauergeschichten im Fernsehen und den endlosen Vorträgen meiner Mutter machte es mir nichts aus, in die Apotheke zu gehen und Präservative zu kaufen. Ich war ja schließlich kein Kleinkind mehr.

Eine Woche später klappte es dann besser. Für mich war es das erste Mal. Nachher war ich enttäuscht. Wahrscheinlich hatte ich zu große Erwartungen gehabt, mir die Sache wundervoll und überwältigend vorgestellt. Stattdessen war es ziemlich schmerzhaft gewesen und hatte keine zehn Minuten gedauert, das Theater mit dem Gummi mit einbegriffen. Zum Glück hatte sich Stefan nicht wie der letzte Idiot angestellt. Natürlich erzählte ich Jessica alle Einzelheiten, von A bis Z. Immerhin war ich stolz, dass ich endlich mit einem Jungen geschlafen hatte. Dabei wusste ich nicht einmal, ob ich in Stefan richtig verliebt war.

Nach dem Gespräch mit Frau Richter überraschte er mich von hinten, wirbelte mich herum und verpasste mir einen filmreifen Kuss. Ich stieß ihn weg. Ich hatte davor schon öfter beobachtet, wie er mit anderen Mädchen die gleiche Szene geübt hatte. Es war mir immer peinlich, wenn er vor allen Leuten seine Show abzog.

»Lass das.«

»Hast du Zeit?«, fragte er.

»Wann?«

»Am Freitagabend. Da trete ich mit meiner Band auf. Im *Blauen Keller.* Wir machen eine Art Musik-Marathon. Hier, ich geb dir schon mal eine Freikarte.«

»Ich weiß nicht, ob ich da Zeit habe.«

Ich verhielt mich ganz cool. Mädchen, die sich anklammerten, bloß weil sie mit einem Jungen im Bett gelegen hatten, waren mir zuwider.

»Hab doch Zeit«, sagte er.

»Ich bin schon mit Jessica verabredet.«

»Die soll auch kommen. Im *Blauen Keller* gibt es eine Menge cooler Typen. Nicht nur mich.«

Ich zog die Schultern hoch.

»Ich werde es mir überlegen.«

KAPITEL 2

Ich log meine Mutter nie an. Ich hatte festgestellt, dass ich kein Talent dazu hatte. Entweder wurde ich rot, oder ich verriet mich selbst, vor lauter Nervosität. Also sagte ich lieber die Wahrheit. Dass ich in den *Blauen Keller* wollte, passte meiner Mutter gar nicht. In dieser Diskothek war es ein- oder zweimal zu dummen Geschichten mit Drogendealern gekommen. Man wollte der Besitzerin – einer gewissen Eva Roth – die Schankgenehmigung entziehen. Aber vorerst war es noch nicht dazu gekommen; der *Blaue Keller* war nach wie vor in Betrieb. Zum Glück wusste meine Mutter, dass ich nie Drogen nahm. Mit dreizehn hatte ich einmal Gras geraucht. Fünf Minuten später kam mir das Mittagessen hoch. Ich hatte gerade noch Zeit, mich in die nächste Toilette zu verdrücken: Totalreinigung, oben und unten. Später, als ich die Grippe hatte und zum Arzt ging, stellte sich heraus, dass mein Stoffwechsel ungewöhnlich schnell auf Touren kommt. Bei mir geht alles sofort ins Blut. Jedenfalls hab ich seither das Zeug nicht mehr angerührt; mir wird ja schon nach einer Likörpraline schlecht.

»Der *Blaue Keller,* ausgerechnet ...!«, lamentierte meine Mutter. »Sieh dir bloß die Typen an, die da verkehren ...«

»Jessica kommt auch«, sagte ich.

Sie beruhigte sich ein wenig. Nun sah die Sache schon anders aus ... Jessicas Vater war nämlich nicht irgendwer, sondern ein Studienrat. Was meiner Meinung nach nichts heißen wollte.

»Aber sei spätestens um elf wieder da. Ich will nicht, dass du erst die allerletzte Straßenbahn nimmst.«

Die Straßenbahn hielt fast vor unserem Haus. Aber nach elf fuhren da meistens ziemlich merkwürdige Gestalten mit. Manche sahen echt brutal aus. Wenn sie betrunken waren, kam es vor, dass sie die Fahrgäste belästigten. Ich wusste nicht, wie ich bei einer solchen Situation reagieren würde. Am besten war wohl, ich verhielt mich ruhig – wenn diese Typen Streit suchten, zog ich sowieso den Kürzeren. Ich sagte: »In Ordnung, ich bin vor elf wieder da«, und ich erinnerte sie daran, dass Jessica noch zwei Stationen weiterfuhr. Die wollte auch keine Scherereien.

Der Freitag kam. Ich hatte mir das Haar gewaschen und gefönt. Eine Glanzspülung ließ auf dem Schwarz blaue Funken glimmen. Nicht übel, fand ich. Zu meinen Jeans zog ich ein weißes T-Shirt an. Weiß bringt meine dunkle Hautfarbe gut zur Geltung. Gerade als ich gehen wollte, läutete das Telefon.

Jessica.

»Du, ich kann nicht weg.«

»Was ist passiert?«

»Meine Mutter ist im Treppenhaus hingefallen. Sie hat sich den Arm verletzt. Mein Vater bringt sie zum Arzt. Ich muss mich um Daniela kümmern.«

Daniela war Jessicas dreijährige Schwester.

»Hoffentlich ist es nicht schlimm«, sagte ich.

»Ich weiß es nicht. Ihr Ellbogen ist ganz steif und geschwollen. Also, ich muss jedenfalls hier bleiben. Erzählst du mir, wie es war?«

»Klar.«

Ich wünschte Jessicas Mutter gute Besserung, legte den Hörer auf und beeilte mich. Ich wickelte mir rasch einen roten Glitzerschal um den Hals, als meine Mutter schon neugierig aus dem Schlafzimmer kam.

»Wer hat da gerade angerufen?«

»Jessica.«

Ich griff nach meinem Blazer, fügte hastig hinzu: »Bis nachher!« und verdrückte mich, bevor weitere Erklärungen fällig wurden.

Die voll gestopfte Straßenbahn kam ein paar Minuten später. Freitagabends ist immer viel los in der Stadt. Alle Sitzplätze waren besetzt. Die Leute hatten eingekauft und schleppten Taschen. Ich fuhr ein paar Stationen, bevor ich einen Sitzplatz ergatterte. Mir gegenüber saß eine junge Frau, eine Asiatin. Ihr Haar war geflochten. Ich sah ihr schönes, klares Profil. Ihre goldbraunen Augen wurden zu den Schläfen hin schmaler, wie Antilopenaugen. Irgendwie kam mir der Gedanke, dass sie eine Tibeterin sein musste. Meine Vermutung wurde bestätigt, als ich unter ihrer Jacke ein langes Gewand und eine gestreifte Seidenschürze sah. Aha. Sie trug also die tibetische Tracht. Ihre kleinen Füße steckten in schwarzen Lackschuhen. Ich wusste, dass Tibeterinnen ihre Nationaltracht nur zu besonderen Anlässen trugen. Aber von der tibetischen Kultur wusste ich kaum etwas. »Du bist Schweizerin, auch wenn du vielleicht ein bisschen anders aussiehst«, hatte meine Mutter oft zu mir gesagt. »Ich will nicht, dass du innerlich gespalten bist.« Insgeheim ärgerte ich mich über diese rigorose Haltung: Ob ich nun gespalten war oder nicht, das war doch schließlich meine Sache. Auf der anderen Seite hatte ich selbst Angst vor gewissen Fragen, die mich in Aufruhr versetzten. Aber sie waren in mir, diese Fragen, ganz tief in meinem Herzen. Manchmal spürte ich sie, ließ sie aber nie an die Oberfläche hochkommen. Deswegen wirkte die Erscheinung der Tibeterin beunruhigend auf mich, ja sogar ein wenig störend – mir wäre es nicht im Traum eingefallen, mich im Trachtenkleid auf die Straße zu wagen. Wie peinlich, meine Mitschüler hätten sich krummgelacht.

Dennoch faszinierte mich diese junge Frau, ich konnte nicht sagen, warum. Ich riss mich von ihrer Betrachtung los und blickte aus dem Fenster. Noch vier Stationen, und ich war da. Nach einer Weile sah ich unwillkürlich wieder hin; die großen dunklen Augen der Tibeterin waren auf mich gerichtet. Ich starrte wie hypnotisiert zurück. In der Sekunde, als unsere Blicke sich trafen, las ich in diesen Augen Neugierde und Wohlwollen. Sie schien zu überlegen, ob sie mich kannte oder nicht. Das war schon zu viel für mich; die Hitze schoss mir ins Gesicht. Hastig senkte ich den Kopf, ließ mein Haar über die Stirn fallen. Hoffentlich redete sie mich nicht an, womöglich noch in tibetischer Sprache! Bis zur nächsten Haltestelle sah ich stur aus dem Fenster. Zum Glück stieg sie jetzt aus. Im Vorbeigehen streifte mich ihr langer Rock.

Ich saß da wie ein verstörtes Kaninchen. Als sie draußen war, atmete ich erleichtert auf. Die Türen schlossen sich, die Straßenbahn fuhr weiter. Noch zwei Stationen. Es waren jetzt weniger Fahrgäste da; der Platz, auf dem die junge Frau gesessen hatte, blieb leer. Plötzlich sah ich unter dem Sitz eine schwarze Brieftasche. Ich hatte sie vorher nicht bemerkt, weil der lange Rock der Tibeterin sie verdeckt hatte. Wem gehörte die Brieftasche? Der jungen Frau oder dem vorherigen Fahrgast? Ich zögerte nur eine Sekunde lang. Dann stand ich auf, bückte mich und griff nach der Brieftasche. Von den übrigen Fahrgästen schien niemand etwas bemerkt zu haben. Mein Herz klopfte. Mit zitternden Fingern schlug ich die Brieftasche auf. Zum Vorschein kamen ein paar Kreditkarten, ein Führerschein und eine Monatskarte für die Straßenbahn. Dazu eine Hundertfrankennote, etwas Kleingeld und ein winziger Taschenspiegel. Der Führerschein und die Monatskarte mit dem Passfoto waren auf den Namen Chimi Karma Norbu ausgestellt. Die Adresse war Lerchenstraße 21. Was nun? Wohin mit der Brieftasche? Zum Fundbüro? Nein, der Gedanke schien mir idiotisch, das Fundbüro war um diese Zeit längst geschlossen. Die Lerchenstraße musste in dem Viertel liegen, durch das wir gerade fuhren. Ich sah auf die Uhr. Halb sieben. Noch früh. Stefan trat erst um acht auf. Ich würde ein paar Gruppen vor ihm verpassen, aber diese Sache war wichtiger. Die Straßenbahn hielt an. Ich sprang von meinem Sitz hoch, drückte auf den Türknopf und stieg aus.

Da stand ich nun, während sich die Straßenbahn wieder in Bewegung setzte. An der Haltestelle war ein Stadtplan angebracht, den ich aufmerksam studierte, bis ich die Lerchenstraße entdeckte. Dann machte ich mich auf den Weg. Vor Aufregung bog ich in die falsche Straße ein und merkte es erst fünf Minuten später. Ärgerlich machte ich kehrt, verlor endgültig die Orientierung. Schließlich fragte ich eine Frau, die mir den richtigen Weg zeigte. Ich verwünschte meine eigene Blödheit. Als ich endlich die Lerchenstraße fand, hatte ich eine gute Viertelstunde verloren. Dieser Stadtteil bestand aus einfachen Häusern, zu denen kleine Rasenflächen und Obstgärten gehörten. Hier wohnten Rentner und junge Familien. Vor den Türen standen Fahrräder, Kinderwagen und Skateboards. Es roch nach feuchter Erde, Geißblatt und Grillwürsten.

Das Haus auf der anderen Straßenseite musste schon ziemlich alt sein. Der graue Verputz blätterte ab. Aber der Garten war gut gepflegt und wunderschön, mit blühenden Azaleenbüschen, duftendem Weißdorn und Jasmin. Die Rosen trugen schon große Knospen. Neben dem Haus lag ein kleiner Gemüsegarten mit vielen Tomatenstöcken, den Zaun entlang wucherten Himbeersträucher. Ich stieß das Holztor auf, ging durch den Vorgarten. Einige Steinstufen führten zur Haustür. An der Wand waren leere Blumentöpfe aufgestapelt, daneben lehnte ein Dreirad. Auf dem kleinen Messingschild stand der Name K. und P. Norbu. Als ich klingelte, bellte ein Hund; ein Winseln und trippelnde Schritte folgten. Die Tür ging auf. Neben dem zottigen, kurzbeinigen Hund stand ein kleiner tibetischer Junge mit rundem Gesicht und glattem Pony. Ich schluckte.

»Guten Tag. Ich heiße Alice Hofer. Wohnt hier Chimi Karma Norbu?«

»Die ist nicht da«, sagte der Kleine. Im gleichen Augenblick kam ein junger Mann etwas unbeholfen eine Treppe herunter. Er war größer als ich und breitschultrig. Mir fiel sofort sein Haar auf; es war nicht schwarz, sondern kastanienbraun, und schimmerte rötlich. Ich bemerkte, dass er das linke Bein nachzog. Er lächelte mich freundlich an und grüßte auf Tibetisch. Ich verstand kein Wort und genierte mich.

»Ich spreche nur deutsch.«

Er wechselte sofort die Sprache.

»Es tut mir Leid. Ich dachte, Sie seien eine Freundin von Chimi.«

Ich schüttelte den Kopf.

»Ich kenne sie überhaupt nicht. Ich habe ihre Brieftasche gefunden. In der Straßenbahn.«

Der Junge atmete erleichtert auf. Er lächelte, und seine weißen Zähne leuchteten im Helldunkel des Flurs. Er hatte eine gleichmäßig getönte Haut, golden und glatt. Die Augen waren tiefbraun wie Baumrinde, von dichten Wimpern beschattet.

»Da wird sich Chimi aber freuen!«, sagte er. »Sie ist gerade zur Polizei gegangen, um den Verlust zu melden. Ohne Führerschein ist sie aufgeschmissen. – Ich heiße übrigens Tenzin«, fügte er hinzu. »Chimi ist meine Kusine. Komm doch herein und warte auf sie.«

Er duzte mich, denn er hatte gemerkt, dass ich ganz offensichtlich ein paar Jahre jünger war als er.

Ich warf einen Blick auf die Uhr.

»Es geht nicht, ich bin verabredet.«

»Schade!«, meinte er, und mir fiel keine Antwort ein. Während ich befangen schwieg, trat eine ältere Frau in den Flur. Sie war groß, hielt sich aufrecht und trug die tibetische Tracht. Sie hatte ein wundervolles Gesicht, mit scharf geschnittenen Zügen und breiten Wangenknochen. Ihr Haar war in zwei lange Zöpfe geflochten und glänzte wie Lack. Sie sprach ein paar Worte in einem singenden Tonfall, worauf ich verwirrt den Kopf schüttelte. Tenzin übersetzte.

»Meine Großmutter, die Amla, sagt, du bist ja ganz außer Atem. Sie möchte, dass du dich einen Augenblick ausruhst. Sie wird dir eine Tasse Tee machen.«

Verlegen streichelte ich den kleinen Hund, der an meinen Beinen schnupperte.

»Nein, ich habe keine Zeit …«

»Auch nicht für eine Tasse Tee?«

Während er sprach, hielt ich den Blick auf einen Punkt hinter seinem Rücken gerichtet. Die Großmutter war aus einer Tür gekommen, die jetzt einen Spalt offen stand. In dem Raum dahinter flackerte ein weiches, gelbes Licht. Bilder schillerten in leuchtenden Farben, eine kleine Statue glänzte wie Gold. Mir war, als ob hinter der Tür ein geheimes und verwunschenes Zimmer verborgen lag.

»Komm doch herein«, sagte jetzt die Amla, langsam, aber in klarem Deutsch. Ihre Stimme war kräftig und freundlich. Ich schüttelte den Kopf. Irgendwie war das alles zu viel für mich. »Ich … muss gehen«, stammelte ich.

Hinter mir quietschte das Gartentor. Ich wandte mich um und sah Chimi ihr Fahrrad durch den Garten schieben. Sie hatte sich umgezogen, trug Jeans und einen weiten Pullover. Tenzin winkte ihr mit der Brieftasche entgegen.

»Chimi! Eine Überraschung!«

Sie blieb stehen, strahlte über das ganze Gesicht.

»Meine Brieftasche! Wo war sie?«

»In der Straßenbahn«, sagte ich.

Sie dankte mir, ganz außer Atem. Ihre Wangen waren rot und erhitzt.

»Was für ein Glück! Ich war schon ziemlich verzweifelt.« Sie hatte eine fesselnde, ganz besondere Art, auf einen zuzugehen. Ihre Augen blitzten, ihre Gesten zeigten Selbstbewusstsein und außergewöhnliche Energie.

»Ich sah dich in der Straßenbahn«, fuhr sie fort. »Du bist Tibeterin, nicht wahr?«

»Ja«, sagte ich. »Aber ich bin adoptiert. Ich heiße Alice Hofer.«

»Warum kommst du nie zu unseren Versammlungen?«

Ich zuckte verlegen mit den Schultern.

»Ach, ich weiß nicht …«

In diesem Moment kam noch eine andere Frau die Treppe herunter. Sie war klein, kräftig und graziös. Ihr Haaransatz bildete eine flaumige Spitze auf der Stirn, sodass ihr Gesicht herzförmig erschien. Die mandelförmigen dunklen Augen funkelten fröhlich, ihre Haut war glatt und zart.

»Guten Tag!«, rief sie mit warmer, freundlicher Stimme. »Ich bin die Mutter von Yeshe, diesem kleinen Schelm. Mein Name ist Pema.«

Sie strubbelte dem Kind zärtlich das Haar. Der

kleine Junge zeigte auf den Hund und verkündete stolz:

»Und das ist Devi, mein Schwesterchen!«

Alle lachten, sogar ich.

»Warum steht ihr an der Tür?«, fuhr Pema fort. »Kommt doch ins Haus!«

Ich wich hastig einen Schritt zurück.

»Nein, ich muss weg.«

Tenzin schaute mich nachdenklich an. In seinen Augen lag ein wehmütiger Glanz, eine besondere Art von Traurigkeit.

»Ein andermal vielleicht? Wenn du Zeit hast?«

Unsere Blicke trafen sich. Ich senkte den Kopf.

»Vielleicht.«

Chimi lehnte ihr Fahrrad an die Wand.

»Also, bis bald!«

Ich verabschiedete mich. Sie lächelten alle und winkten. Hinter ihnen schimmerte das Licht aus dem Zimmer wie eine goldene Blüte. Mir war, als ob dieses Licht greifbar wäre, ein eigenes Element. Sein Geheimnis zog mich in seinen Bann, rüttelte mich mit sanfter Magie wach. Verstört wandte ich mich ab, lief durch den Garten. Als ich einen Blick über meine Schulter warf, war die Haustür geschlossen, das goldene Licht erloschen. Ich empfand eine seltsame Leere, schluckte und lief weiter, bis ich atemlos die Straßenbahnhaltestelle erreichte.

Etwas hatte meine Seele berührt, ich konnte nicht sagen, was es war. Ich werde darüber nachdenken müssen, dachte ich. Später, wenn ich wieder bei Verstand bin.

KAPITEL 3

Als ich zum *Blauen Keller* kam, war es längst nach acht Uhr und schon dämmrig. Vor der Disko standen ein paar Typen, die meine Mutter als dubios bezeichnen würde. Es waren sogar ein paar Skins dabei, schwachsinnige Eierköpfe, die nur an Krawall dachten. Ich gab meine Freikarte an der Kasse ab. Eine Steintreppe führte in ein Gewölbe hinunter, das in schummriges Licht getaucht war. Unten dröhnte laute Musik. Ein Metalltisch diente als Bar. Dichter Zigarettenqualm mischte sich mit den Scheinwerferstrahlen zu verschwommenem Dunst. Es waren viele Leute da; einige tanzten nach dem Rhythmus der Band, die gerade auf der kleinen Bühne spielte. Die Gestalten der Musiker hoben sich schwarz von den blauen Wänden ab. Mir kam das golden flackernde Licht in den Sinn, das sanft und hell und tröstend aus dem tibetischen Zimmer gestrahlt hatte; die harten Kegel der Lichtorgel waren genau das Gegenteil, sie zuckten hektisch über die Tänzer. Ich sah mich gerade nach einem freien Platz um, als Stefan neben mir auftauchte. Er trug schon die Klamotten für die Bühne: schwarze Lederhose, rotes Hemd und eine Bandanna. Eigentlich sah er toll aus.

»Jessica konnte nicht kommen.«

»Macht nichts! Nimmst du eine Cola? Bier darf hier nicht getrunken werden.«

Hinter dem Kellergewölbe war ein zweiter, etwas kleinerer Keller, wo es ein wenig ruhiger zuging. Hier konnte man sich unterhalten, ohne sich heiser zu brüllen. Wir fanden sogar zwei freie Stühle.

»Wenn der Keller zum Drogenumschlagplatz wird, ist alles aus«, sagte Stefan. »Eva wollte einen richtig guten Treffpunkt für Jugendliche hier einrichten. Jetzt hat sie ständig die Polizei am Hals. Da kommt sie. Hallo, Eva!«

Eine Frau trat an unseren Tisch: schwarze Leggins, schwarzer Glitzerpulli, die Haare tulpenrot gefärbt. Sie hatte wohlgeformte Beine, aber ein altes Gesicht. Sie drückte Stefan einen Kuss auf die Wange und nickte mir zu, die Zigarette zwischen den Fingern.

»Das ist Alice«, sagte Stefan.

Sie zog an ihrer Zigarette.

»Hübsch siehst du aus.«

Ich dachte, sie würde von meinen Klamotten reden.

»Der Blazer ist von meiner Mutter.«

»Ich meine dein Haar«, sagte Eva. »So lang und dicht!«

»Ihres ist auch schön«, antwortete ich freundlich. »Tolle Farbe!«

»Ach, findest du?«

Sie lächelte, aber ich merkte, dass sie nicht bei der Sache war. Ihre Augen blickten unruhig umher. Dann legte sie mir flüchtig die Hand auf die Schulter und ging. Stefan nickte vielsagend.

»Eva ist nervös. Wäre ich auch an ihrer Stelle. Immer der Ärger mit den Dealern ... Aber der *Blaue Keller* ist wirklich eine gute Kneipe. Ich kenn keine bessere. Rap und Techno kannst du in jeder Disko hören. Wir machen hier noch echte Rockmusik. Mick Jagger hat mal gesagt: ›I'm free to do what I want. And I am free to sing my song, knowing it's out of trend.‹«

»Klasse«, meinte ich. »Das gilt auch für andere Dinge.«

Inzwischen legten die Musiker so richtig los: Ich merkte, einige hatten Dope genommen. Stefan gestand mir, dass er auch manchmal Ecstasy schluckte.

»Man wird danach ganz klar im Kopf. Da singt man einfach besser.«

»Stuss!«, sagte ich. »Das Gehirn braucht kein Dope. Das funktioniert perfekt, von Natur aus. Schon möglich, dass dich das Zeug fünf Minuten lang helle macht – aber dann vierundzwanzig Stunden lang beduselt, und den Rest deines Lebens schwachsinnig.«

Er starrte mich an.

»Irgendwie bist du schon komisch«, sagte er.

»Wieso?«

»Die Art, wie du denkst, meine ich.«

»Warum, müssen alle das Gleiche denken?«

Es wurde Zeit, dass er auf die Bühne ging. Die Leute von seiner Gruppe schafften schon die Instrumente herbei. Ich saß eine Weile alleine am Tisch, bis ein paar Leute kamen, die ich nicht kannte. Die beiden Mädchen rauchten, ihre Kippen waren voller Lippenstift. Sie hatten diesen dümmlichen Ausdruck im Gesicht, mit dem Mädchen anzeigen, dass sie in der Clique nichts zu sagen haben. Die Jungen waren unscheinbar gekleidet: Jeans, speckige Lederjacken, klobige Stiefel. Das Haar trugen sie weder lang noch kurz. Sie unterhielten sich ziemlich laut. Ein Junge sagte, diese Pillenschlucker hier, das sei doch zum Kotzen. Sein Kumpel meinte, das müsse man denen baldmöglichst abgewöhnen. Der Dritte gab nur ein paar Grunzlaute von sich.

»Wo kommst du denn her?«, fragte mich eine der faden Madonnen von oben herab. »Aus Thailand oder Vietnam?«

Ich sagte, ich sei aus Tibet. Sie nickte huldvoll.

»Eigentlich mögen wir keine Ausländer, aber bei Tibetern machen wir eine Ausnahme. Die gibt es nicht so massenhaft. Und die verhalten sich ruhig.«

Ich hob die Brauen. Für wen hielt die sich eigentlich?

»Ach ja?«

Sie redeten weiter unter sich. Ich mischte mich nicht ein. Diese verdammten Rechtsradikalen! Giftzähne und Minihirn. Notgedrungen musste ich bei ihnen sitzen bleiben, denn inzwischen war der *Blaue Keller* gestopft voll. Eine kurze Pause trat ein, bevor die *Hard Liners* angesagt wurden. Die Zuschauer applaudierten, pfiffen und trampelten. Die Musiker – alles Oberschüler – spielten Schlagzeug, Bass und elektrische Gitarre. Der Rhythmus pulsierte, Stefan sang sehr nahe am Mikrofon, ahmte Bruce Springsteen nach. Er machte das nicht schlecht, fand ich. Doch die Jungen an meinem Tisch sagten, der liege ja total falsch.

»Das ist nichts für die Hitparade«, sagte der eine hämisch grinsend.

»Eher für einen Kindergeburtstag«, meinte der andere.

Den Mädchen gefiel die Musik, aber weil die Jungen Stefans Song nicht mochten, sagten auch sie nach einer Weile, der sei lasch. Ich wurde richtig wütend, aber ich wollte lieber keinen Streit anfangen. Die Jungen hatten so etwas Kaltes, Rücksichtsloses an sich, und genauso war die Art, wie sie mit den Mädchen umgingen. Warum die sich das gefallen ließen …? Blöde Kühe, dachte ich aufgebracht.

Inzwischen wurde das Licht immer schummriger. Die Typen neben mir tranken literweise Cola. Der Rauch machte die Luft stickig, sodass ich ein paar Mal husten musste. In den Ecken saßen Pärchen und knutschten. Plötzlich kamen zwei finstere Typen in den Keller, in Sportdress und mit superweiten Hosen. Kerle, die ich ebenso wenig sympathisch fand wie die an meinem Tisch. Immerhin schien ihnen Stefans Musik zu gefallen. Sie lehnten sich an eine Säule und hörten zu. Meine Nachbarn grinsten einander an. Einer sagte: »Flotte Vögel. Die wollen wir hier nicht haben.«

Sein Kumpel nickte.

»Hopplahopp, Jungs! An die Arbeit!«

»Keine besonders komplizierte Angelegenheit«, ergänzte der Dritte.

Sie standen auf; die Mädchen kicherten.

»Was ist los?«, fragte ich.

»Die schmeißen sie jetzt raus«, sagte die Blonde.

»Warum? Die tun doch nichts.«

»Das sind Dealer. Die laufen mit Stoff in den Taschen herum.«

»Woher wisst ihr das so genau?«, fragte ich.

»Das sieht man denen doch an.«

Die drei Jungen schoben sich durch die Menge und quatschten die beiden Typen an, die sich nicht einschüchtern ließen. Im Gegenteil, einer davon wurde wütend und schrie mit schriller Stimme zurück. Die Mädchen wurden immer aufgeregter, stießen sich an, bissen sich auf die Lippen.

»Gleich geht es los!«

Mir kam das Ganze ziemlich blödsinnig vor. Hoffentlich kann Eva die Idioten zur Vernunft bringen, dachte ich. Zu spät, der Streit brach offen aus. Ein paar andere Jungen mischten sich ein. Alle brüllten, der Lärm war ohrenbetäubend – und dazu das Zucken der Lichtorgel und die laute Musik! Immer mehr Jungen beteiligten sich an der Schlägerei, die Mädchen kreischten hysterisch dazwischen. Eva Roth versuchte vergeblich, sich in dem Chaos Gehör zu verschaffen. Aber dann wurde es plötzlich still. Stefan brach den Song ab. Einer der beiden Typen im Sportdress krümmte sich und spuckte Blut. Man hatte ihm ein Stuhlbein ins Gesicht geschlagen. Der andere saß am Boden, hielt sich die Backe und jammerte.

Jemand hatte die Polizei gerufen; auf einmal stürmten die Bullen die Treppe herunter. Ein neues Durcheinander entstand; ein paar Leute wollten schleunigst aus dem Keller verschwinden, aber zwei Polizisten versperrten schon die Tür. Ein Dritter begann, mit Eva zu reden, die wütend wurde und ihn anschrie. Inzwischen stapften die Bullen durch das ganze Lokal, kontrollierten alle Ausweise. Einer schrieb meinen Namen und meine Adresse auf und fragte in strengem Ton, ob ich regelmäßig in den *Blauen Keller* ginge. Ich sagte nein, ich sei zum ersten Mal hier. Er verzog die Lippen zu einem höhnischen Grinsen.

»Das sagen alle.«

Inzwischen sprach einer der Polizisten in sein Handy. Nach einer Weile heulte eine Sirene. Zwei Sanitäter kümmerten sich um die Verletzten. Die Schlägertypen wurden verhört. Die Mädchen rauchten, als ginge sie die ganze Sache nichts an.

Inzwischen war schon elf Uhr vorbei, bald fuhr meine letzte Straßenbahn. Und wie kam ich hier raus? Ich kletterte auf die Bühne zu den *Hard Liners.* Die Musiker packten ihr Material ein und waren stocksauer.

»Diese Scheißkerle! Können die überhaupt denken?«

»Können sie nicht.«

»Das gibt wieder einen Riesenärger!«

Stefan wischte sich den Schweiß aus der Stirn.

»Scheiße! Mein Alter gibt mir ein paar hinter die Ohren.«

»Und meine Mutter kriegt eine Nervenkrise«, sagte ich.

Mir wurde es flau im Magen. Ich wollte nur eins: möglichst schnell weg von hier! Aber Stefan war es offenbar wurscht, wie ich nach Hause kam. Ganz in Gedanken sagte er zu mir, ich könne eventuell mit Andy fahren.

»Der hat seit drei Wochen den Führerschein.«

Andy spielte den Bass, er hatte jetzt jede Menge

Dope im Blut und sah doppelt, wenn nicht dreifach. Nein danke! Da war mir die Straßenbahn lieber. Also zwängte ich mich durch das Gedränge, die Treppe hinauf. Die zwei Polizisten vor der Tür wollten erneut meinen Ausweis sehen. Einer runzelte die Stirn und hielt mir eine Moralpredigt.

»Dies ist wirklich kein geeigneter Aufenthaltsort für Schulmädchen. Wissen deine Eltern überhaupt, wo du dich nachts herumtreibst?«

Ich hätte ihn am liebsten angebrüllt, dass ich nicht vor Morgengrauen nach Hause kommen würde, wenn ich die letzte Straßenbahn verpasste. Endlich war ich an der frischen Luft. Vor dem *Blauen Keller* stand der Streifenwagen mit dem Blaulicht. Die Straßenbahn bog gerade um die Ecke, doch ich konnte nicht über die Straße, die Ampel stand auf Rot. Autos flitzten vor meiner Nase hin und her. Sekunden vergingen. Die Straßenbahn hielt. Ich stöhnte verzweifelt. Endlich wechselte die Ampel auf Grün. Ich rannte über den Fußgängerstreifen, dann quer über den Platz – gerade als sich die Straßenbahn mit lautem Knirschen in Bewegung setzte. Ich hätte schwören können, dass mich der Fahrer gesehen hatte. Keuchend blieb ich stehen. Vor Wut hätte ich fast geheult. Was nun? Sollte ich diese lange Strecke zu Fuß gehen? Ich hatte noch etwas Geld, aber der nächste Taxistand lag in anderer Richtung. Und womöglich musste ich eine halbe Stunde warten, bis ich endlich einen freien Wagen erwischte. Mir blieb tatsächlich nichts anderes übrig, als zu Fuß zu gehen. Mein Herz hämmerte bei jedem Schritt. Im Grunde ist es wirklich blöd, dass man solche Angst hat, dachte ich, die Nacht ist so schön, mit all diesen Sternen am Himmel. Wenn es still und dunkel ist, kann man es beinahe spüren, dass man auf einer Erdkugel lebt, die sich im All dreht. Aber leider sind nachts keine Mädchen unterwegs, sondern nur diese üblen Typen. Als ob sämtliche Kerle die Nacht für sich gepachtet hätten.

Mir begegnete nur eine Frau, die trug einen Mantel über ihrem Schlafanzug und führte ihren Hund spazieren. Angst brauchte die nicht zu haben: Ihr Hund war eine riesige Dogge. Etwas später stolzierten noch zwei Frauen in Miniröcken an mir vorbei. Eine dritte stand am Straßenrand, sie schwankte auf ihren hohen Absätzen. Aha. Da hielt schon ein Wagen. Ein Mann beugte sich aus dem Fenster. Ein kurzer Wortwechsel, und schon öffnete der Mann die Tür. Die Frau stieg ein, der Wagen fuhr davon. Ich rannte weiter und sah zu meinem Entsetzen, dass plötzlich ein Wagen neben mir herfuhr. Die Scheibe glitt leise herunter. Ein Mann lehnte sich zu mir heraus.

»Komm, Süße! Wir machen eine Spazierfahrt.«

Ich war so wütend, dass ich ihn anschrie:

»Scher dich weg, du Arschloch!«

Der Mann lachte auf.

»Warte nur, du kleines Luder!«

Er fuhr an den Bürgersteig. Ich sprang zurück, flüchtete in eine Querstraße, dann in die nächste. Mein Atem rasselte, der Schweiß brach mir aus allen Poren. Endlich sah ich von weitem unseren Wohnblock. Im Laufen zog ich den Hausschlüssel aus der Tasche, damit ich ihn sofort ins Schloss stecken konnte. Keuchend drehte ich den Schlüssel, stieß die Tür auf. Das Licht im Hausflur ging automatisch an. Ich holte den Aufzug, drückte auf den Knopf. Drittes Stockwerk, endlich! Der Aufzug hielt. Behutsam drehte ich den Schlüssel, öffnete leise die Wohnungstür. Hoffentlich schlief Doris. Doch an diesem Abend wurde ich vom Pech verfolgt. Im Wohnzimmer brannte Licht. Meine Mutter saß im Morgenrock auf dem Sofa, neben ihr lagen einige aufgeschlagene Illustrierte. Das Erste, was sie fragte, war:

»Weißt du eigentlich, wie spät es ist?«

Ich hängte meinen Blazer über den Bügel. Mein ganzer Körper war klamm, ich konnte mich kaum noch auf den Beinen halten.

»Es tut mir Leid«, stammelte ich. »Die letzte Straßenbahn ist mir vor der Nase weggefahren.«

»Konntest du nicht drei Minuten früher gehen? Auf dich ist wirklich kein Verlass! Ich wollte schon die Polizei anrufen.«

Das hätte noch gefehlt, dachte ich.

»Ach, hör doch auf! Mir ist ja nichts passiert.«

»Zum Glück! – Nachts treibt sich alles mögliche Gesocks auf den Straßen herum, das solltest du doch wissen.«

Ich ärgerte mich, weil meine Mutter nicht Recht haben sollte und trotzdem Recht hatte und weil ich ihr nicht erzählen konnte, was wirklich passiert war, aus lauter Angst, sie würde mir dann noch weniger erlauben. Hoffentlich kam die Story nicht in die Zeitung.

KAPITEL 4

Am nächsten Morgen erwachte ich mit einem dicken Kopf. Die Luft im *Blauen Keller* war wirklich ziemlich schlecht gewesen ... Hoffentlich stellte meine Mutter keine Fragen! Aber sie traf sich mit Clemens, ihrem neuen Freund. Sie sagte, ich solle schnell frühstücken und den Tisch abräumen. Inzwischen befasste sie sich mit ihrem Lidschatten und fragte, welcher Pulli besser zu ihren neuen Leinenhosen passte.

»Der weiße oder der gelbe?«

»Der gelbe«, sagte ich. »Der weiße macht dich blass.«

Sie stand vor dem Spiegel, trällerte zufrieden vor sich hin, dadi-dada. Immerhin war sie abgelenkt.

Ich würde das Wochenende mit Paul, meinem Vater, verbringen. Er wohnte in der Nähe von Zürich, auf dem Land. Paul war Ingenieur. Vor der Scheidung hatte seine Baufirma Pleite gemacht, er musste eine Zeit lang stempeln gehen. Jetzt hatte er eine neue Stelle gefunden und lebte mit seiner Freundin Barbara zusammen. Die hatte er schon gekannt, als er noch verheiratet war. Meine Mutter war irgendwie dahintergekommen, und danach gab es ständig Streit bei uns. Ich saß zwischen den Fronten. Beide versprachen hoch und heilig, dass sie mich in diese Sache nicht hineinziehen wollten, gaben sich gegenseitig die Schuld und versuchten sich vor mir zu rechtfertigen. Der reinste Albtraum! Ich war froh, als mein Vater endlich seine Sachen packte. Er hatte sich damals schon so verändert, dass er wie ein Fremder wirkte. Jetzt war er wieder einigermaßen normal. Dazu kam, dass ich ihn nur am Wochenende sah und dass er sich dann besondere Mühe gab, nett zu mir zu sein.

Pauls Mutter war vor kurzem gestorben; er hatte ihr Haus geerbt, in dem er jetzt mit Barbara wohnte. Das Haus hieß *Zur alten Mühle*, obwohl die Mühle seit fünfzig Jahren nicht mehr bestand. Im Garten wuchsen Obstbäume; in einem winzigen Teich voller Schlingpflanzen lebte eine Kröte, die man nie sah, nur abends quaken hörte.

Barbara war Graphikerin bei einer Textilfirma, sie entwarf das Design für Frotteetücher, Tischdecken und Bettwäsche. Ich war sehr stolz, als sie mir einmal ein Halstuch mit einem Blumenmuster schenkte, das sie selbst entworfen hatte. Barbara war sanft und etwas mollig, mit hellgrünen Augen, ganz das Gegenteil von meiner Mutter. Ihre Haut war hell und mit Sommersprossen übersät. Wenn sie lachte, klang es sehr schön. Doch, ich mochte Barbara, obwohl es mir seltsam vorkam, dass mein Vater jetzt mit einer anderen Frau zusammenlebte. Noch merkwürdiger war, dass wir ja eigentlich gar nicht verwandt waren. Aber das war eine Sache, über die ich mir nicht so viele Gedanken machte.

Am Samstag ging ich mit Paul und Barbara einkaufen; ich bekam die schwarzen Designerjeans, die meine Mutter mir nicht kaufen wollte, weil sie zu teuer waren. Dann gingen wir eine Pizza essen und anschließend ins Kino – ein alter Film mit Marlon Brando. Komisch, dachte ich, der Typ war früher total sexy. Man konnte sich das kaum vorstellen, wenn man ihn heute sah. Dieser Schwabbelbauch!

»Wir werden alle mal älter, Alice«, sagte mein Vater.

Ich schlief im Zimmer von der Großmutter, es war voll gestopft mit Möbeln: ein Bett mit Messingknaufen, ein marmorner Waschtisch mit Spiegel, zwei Kommoden. In einem riesigen Kleiderschrank hingen Pelzmäntel, die nach Mottenpulver rochen.

»Wir sollten die zum Flohmarkt bringen«, meinte Barbara. »Aber wer trägt heute noch Pelz?«

Mir gefiel das Zimmer, so voller Gerümpel, alter Bücher und Erinnerungen. Erinnerungen an Menschen, die gestorben waren. Die Großmutter war freundlich und gut gewesen, hatte uns selbst gemachte Marmelade geschenkt. Manchmal hatte ich ein Gefühl, als ob die Großmutter noch da wäre, irgendwo im Zimmer. Vielleicht hing es mit dem Duft zusammen, der aus den Sachen strömte, wie ein Lebenshauch.

Am Sonntag schlugen Paul und Barbara einen Waldspaziergang vor. »Du sitzt den ganzen Tag in der Schule, die frische Luft tut dir gut. Und diese ersten schönen Sommertage muss man nutzen.«

Im Schwimmbad, ja. Aber nicht im Wald. Da liefen nur Spießer herum, alle mindestens dreißig Jahre älter als ich. Die einen gingen den Weg hin, die anderen gingen ihn wieder zurück. Und Barbara fand das grüne Laub so schön; sie hob Blätter auf und sagte:

»Sieh dir mal dieses Wunderwerk an, Alice! Kein

Blatt ist wie das andere, jede Schattierung, jede Maserung gibt es nur einmal in der Natur.«

Ich brummte irgendetwas. Ich war schlechter Laune. Was gingen mich die Blätter an? Und mein Vater lächelte sie an und sagte: »Wirklich wunderschön.« Das Einverständnis zwischen den beiden deprimierte mich. Ich kam mir überflüssig vor. Ich stapfte über Wurzeln und stellte mir vor, wie Paul zu Barbara sagte:

»Du, am Samstag kommt Alice, wie lästig! Aber ich kann das Mädchen ja nicht abschieben.«

Und Barbara antwortete dann:

»Ach, das Wochenende geht schnell vorbei. Du hast sie nun mal adoptiert ...«

Pauls Stimme riss mich aus meinen Gedanken.

»Alice, wir müssen mit dir reden.«

Ich fuhr leicht zusammen. Jetzt ging es los. Wenn Erwachsene diesen Ton anschlagen, muss man sich auf alles gefasst machen. Aber Paul starrte mich nur an, räusperte sich, wurde rot. Du liebe Zeit, dachte ich.

Endlose Stille, bis Barbara nervös auflachte.

»Es ist vielleicht besser, wenn ich es ihr sage. Hör zu, Alice. Paul und ich werden heiraten. Ich erwarte nämlich ein Kind.«

»Seit wann?«, fragte ich völlig verwirrt.

Barbara lächelte.

»Ich bin im vierten Monat.«

Mir war schon aufgefallen, dass sie zugenommen hatte.

So, dachte ich, das ist also der Grund.

»Verstehst du – deswegen möchten wir gerne heiraten«, fuhr Paul fort. Jetzt, wo der Anfang gemacht war, fiel ihm das Reden leichter.

»Ganz im vertrauten Kreis, nur mit unseren engsten Freunden. Eine standesamtliche Trauung. Wir werden auch kein großes Fest veranstalten. Es kommen nur Theo und Gaby Müller, die kennst du doch. Sie werden unsere Trauzeugen sein.«

Theo war ein Schulfreund von meinem Vater, seine Frau Gaby war mit meiner Mutter bei den Pfadfindern gewesen. Sie hatten Zwillinge, Remy und Florian, die gerade in der zweiten Klasse waren.

Ich stellte mich dumm:

»Und Remy und Florian, kommen die auch?«

Beide tauschten einen Blick.

»Natürlich«, antwortete mein Vater. »Die werden dabei sein.«

Ich schluckte.

»Und ich?«

Mein Vater blieb stumm, und Barbara sagte schnell:

»Die Entscheidung wollten wir eigentlich dir überlassen.« In meiner Tasche fand ich einen Kaugummi. Ich wickelte ihn aus dem Papier und steckte ihn in den Mund.

»Und Doris?«

Sie tauschten erneut einen Blick und wirkten etwas betreten.

»Alice, überleg doch mal«, sagte Paul, mit einer Spur von Ungeduld in der Stimme. »Wie sieht das denn aus, wenn meine Exfrau zu meiner Hochzeit kommt. Und noch dazu, wo Barbara ein Kind erwartet …«

Ich ließ mir mein Haar ins Gesicht fallen.

»Und warum darf ich dann dabei sein?«

»Bei dir ist das etwas anderes«, sagte Paul.

»Du meinst, weil ich nicht deine richtige Tochter bin?«

»Aber Alice«, rief Paul, »das hat doch damit gar nichts zu tun.«

Ich schob die Hände in die Jeanstaschen. Das Ganze kam mir entsetzlich verwickelt vor.

»Heißt du dann auch Frau Hofer?«, fragte ich Barbara.

Sie nickte, halb freudig, halb betrübt.

»Sobald Paul und ich verheiratet sind. Natürlich.«

Ich dachte laut weiter:

»Dann heißt du Barbara Hofer und ich Alice Hofer. Aber du bist nicht meine Mutter und Paul schon gar nicht mein Vater. – Wir sind nicht einmal im Entferntesten verwandt«, fügte ich hinzu und hätte mir am liebsten die Zunge abgebissen. So dumm redet keine Zehnjährige.

Barbara legte mir den Arm um die Schulter.

»Ist das denn so wichtig, Alice? Wir haben dich doch trotzdem sehr gern.«

»Ich glaube, du machst die Sache viel komplizierter, als sie ist«, fügte Paul hinzu.

Ich spuckte den Kaugummi auf den Waldboden.

»Und was soll ich Doris sagen?«

Paul zuckte zusammen.

»Nichts. Kein einziges Wort! Das übernehme ich.«

»Das ist doch blöd«, fauchte ich zurück, »wenn ich Bescheid weiß und sie nicht. Sie wird merken, dass ich ihr etwas verheimliche.«

Er schüttelte gereizt den Kopf.

»Ach, Unsinn.«

Doch Barbara sagte:

»Ich finde auch, du solltest mit Doris reinen Tisch machen. Sonst kommt Alice in Schwierigkeiten.«

Ich kannte meinen Vater, und sie kannte ihn inzwischen auch. Offenheit war nie seine Stärke gewesen: Vor der Aussprache mit Doris hätte er sich wahrscheinlich am liebsten gedrückt! Eine plötzliche Schwermut überkam mich. Ich wandte mich um, stapfte weiter und dachte immerzu: Mist, jetzt heiraten sie auch noch! Paul und Barbara gingen ein paar Schritte hinter mir her. Ich spürte ihre Blicke im Rücken und zwang mich, nicht zurückzuschauen.

Oben auf dem Hügel stand ein Gasthof. Wir tranken Tee, aßen Kirschkuchen mit Schlagsahne. Aber mir war der Appetit vergangen. Paul und Barbara versuchten vergeblich, mich in ein Gespräch zu verwickeln. Ich gab nur einsilbige Antworten. Eigentlich hätte ich bis zum Abend bleiben sollen. Aber ich sagte, ich hätte noch Hausaufgaben zu machen und müsse einen Zug früher nehmen. Sie brachten mich zum Bahnhof. Ich bedankte mich für die Jeans, die Pizza, das Kino und den Kirschkuchen und wollte nur noch allein sein. Allein.

Aber der Tag war noch nicht zu Ende für mich. Als ich nach Hause kam, stand meine Mutter in unserem Gästezimmer an der Bügelmaschine. Sie ließ gerade einen Bettbezug durchlaufen und machte ein finsteres Gesicht. Bügeln hasste sie. Doch diesmal hatte ihre miese Laune noch einen anderen Grund.

»Paul hat angerufen.«

»Wann?«

»Vor einer halben Stunde.«

Barbara hat ihn also dazu gebracht, dachte ich. Umso besser.

»Ich weiß«, antwortete ich.

»Nun? Was sagst du dazu?«

Ihre Stimme klang merkwürdig hilflos. Es hörte sich so an, als würde sie mit einer Erwachsenen sprechen, mit einer Freundin, die sie gut verstand. Aber ich hatte keine Lust, diese Rolle zu übernehmen. Ich zog die Schultern hoch.

»Nichts.«

Sie sprach, ohne den Blick zu heben.

»Und, wirst du zu der Hochzeit gehen?«

»Mir ist nicht danach.«

Sie seufzte, fuhr sich mit dem Handrücken über die Stirn. »Weißt du, ich hatte mir immer gewünscht, später mal in *Zur alten Mühle* zu wohnen. Die schönen, großen Zimmer, der Garten, die frische Luft ...! Und jetzt wohnt eine andere in dem Haus, und ich sitze hier, in diesen vier Wänden, wo ich morgens die Fenster nicht öffnen kann, weil es nach Abgasen stinkt.«

Die letzten Worte hatte sie fast geschrien. Das darf doch nicht wahr sein, dachte ich. Dieses Gejammer, bloß weil ihr das Haus von ihrer Exschwiegermutter entgeht.

Ich lief in mein Zimmer, nahm das Telefon und wählte Jessicas Nummer.

»Wie geht es deiner Mutter?«

»Besser. Ihr Arm ist zum Glück nur verstaucht.«

»Das freut mich. Kannst du reden, oder hören gerade alle zu?«

Jessica sagte, ich solle einen Moment warten, sie werde das Handy nehmen. Als wir ungestört waren, erzählte ich ihr die Sache mit dem *Blauen Keller.* Jessica staunte.

»Mensch! Ich war echt sauer, dass ich zu Hause bleiben musste. Aber jetzt bin ich ganz froh! Das hat bestimmt noch Folgen.«

»Ach, Quatsch! Was kann denn schon passieren?«

»Weiß ich nicht! Vielleicht, dass du von der Schule fliegst.«

»Und Stefan?«

»Der sitzt ganz schön in der Klemme. Sein Vater ist im Gemeinderat.«

»Mist!«

Dann erzählte ich Jessica, dass mein eigener Vater wieder heiraten würde.

»Warum stört dich das?«, fragte sie. »Wenn seine Freundin doch ein Kind erwartet …«

»Ich habe nichts dagegen«, sagte ich. »Nur meine Mutter, die spinnt.«

»Ist sie immer noch eifersüchtig?«

Ich dachte über die Frage nach.

»Ich glaube, sie ist neidisch, weil mein Vater jetzt eine neue Familie hat, und sie nicht.«

»Hat sie keinen Freund?«

»Doch. Sie hat gerade einen neuen, Clemens heißt er.«

»Kennst du ihn schon?«

»Noch nicht. Aber er interessiert mich auch nicht.

Was Männer betrifft, hat sie sowieso einen schlechten Geschmack.«

»Lass dich überraschen«, meinte Jessica, »vielleicht ist er ja ganz nett.«

Am nächsten Morgen kam der große Showdown.

In der Klasse wussten schon alle Bescheid. Es herrschte eine ziemlich gespannte Atmosphäre. Mitten in der Mathestunde wurden plötzlich alle Schüler, die am Freitag im *Blauen Keller* gewesen waren, aufgerufen: Abmarsch zum Rektor!

Der Hubacher saß hinter seinem Schreibtisch und machte ein Gesicht wie Gottvater über den Donnerwolken. Die Polizei hatte ihn bereits genauestens informiert.

Die Sintflut prasselte in Form einer Standpauke auf uns nieder. Diesmal würde es bei einem Verweis bleiben, zeterte der Hubacher, aber wenn wir noch einmal in einer Drogenkneipe erwischt würden, würde er uns von der Schule werfen. Mit einem Tritt in den Arsch. (»Ins verlängerte Rückgrat«, sagte der Hubacher vornehm.)

Der blaue Brief traf zwei Tage später ein. Ich spielte die Ahnungslose. »Wie? Was? Welcher Brief?« Aber meine Mutter ließ sich nicht für dumm verkaufen.

»Tu nicht so scheinheilig! Es ist einfach grauenhaft mit dir! Kein Wunder. Paul hat mir nie bei deiner Erziehung geholfen, ich musste alle Verantwortung allein tragen. Das haben wir jetzt davon. Und von Dankbarkeit ist bei dir keine Spur.«

»Wofür muss ich denn dankbar sein?«, schrie ich. »Dafür, dass ihr mich adoptiert habt?«

»Du könntest dir wenigstens etwas Mühe geben«, schrie sie zurück. »Aber nein, du sitzt hier im gemachten Nest, lässt dich bedienen – und verkehrst heimlich in Dealerlokalen. Wohin soll das nur führen?«

»Warum hast du mich adoptiert?«, brüllte ich. »Das hast du doch nur getan, um dich interessant zu machen. Du wolltest ein süßes Baby mit Schlitzaugen und schwarzem Haar. Aber ich bin jetzt kein Baby mehr! Und wenn es mir in den Sinn kommt, färbe ich mir die Haare grün!«

Doris ging hinaus und schlug die Tür hinter sich zu. Sämtliche Gläser in den Schränken klirrten. Ich verdrückte mich in mein Zimmer und starrte aus dem Fenster. Lastwagen donnerten vorbei, der Lärm drang durch die schalldichten Scheiben. Minuten vergingen. Da hatte ich den ganzen Schlamassel: einen Verweis, Krach mit der Mutter; mein Vater heiratete seine schwangere Freundin, und Stefan konnte ich im Grunde auch nicht mehr leiden. Mist auf der ganzen Linie!

Auf einmal hielt ich es nicht länger aus. Ich zog meinen Blazer an, warf den Rucksack über die Schulter und verließ die Wohnung.

KAPITEL 5

Das Wetter war warm und diesig; für die Nacht war Regen angesagt. Ich fuhr mit der Straßenbahn in die Stadt, bummelte mürrisch von einem Schaufenster zum anderen. Alles ging durcheinander; ich war ziemlich fertig, musste mich irgendwie abreagieren. Vielleicht sollte ich mir einfach etwas Schönes kaufen? Für eine Kassette reichte mein Geld nicht. Ein Buch? Blödsinn! Mein eigenes Leben war ein Roman, und dazu noch grau wie das Wetter. Kosmetik? Jessica hatte so einen tollen lila Nagellack. Mal sehen, ob ich den gleichen fand. Also ging ich in ein Kaufhaus und suchte die Kosmetikabteilung. Nach einer Weile fand ich unter den Billigmarken die richtige Farbe, entdeckte auch noch eine Haarspange, die ich anprobierte. Die Spange war aus Plastik und hatte die Form eines Schmetterlings. Hübsch. Weit und breit war keine Verkäuferin in Sicht. Klauen schien fast kein Risiko zu sein, die einfachste Sache der Welt. Das Zeug in die Tasche stecken, abhauen, fertig. Mein Blick schwenkte nach links und rechts, da kam ein Mädchen auf mich zu. Eine von meiner Schule, aus der siebten Klasse. Ausgerechnet Sonja, die Streberin.

Sie deutete auf die Spange.

»Hallo, Alice! Wo hast du die gefunden?«

»Da, neben dem Spiegel.«

Ich zog die Spange aus meinem Haar. Das mit

dem Klauen konnte ich vergessen; jedenfalls solange Sonja daneben stand.

»Ich wollte sie nur anprobieren.«

»Steht dir gut.«

»Findest du?«

Mit Sonja im Schlepptau marschierte ich brav zur Kasse. Ich hatte ein reines Gewissen, aber die Welt wurde dadurch nicht freundlicher. Obendrein war ich jetzt pleite.

Sonja hatte sich mit ihrer Mutter verabredet. Wir trennten uns vor dem Kaufhaus. Ziellos schlenderte ich durch die Stadt, bis ich bemerkte, dass ich, ohne es zu wollen, in die Nähe der Lerchenstraße geraten war. Mich überkam ein eigenartiges Gefühl. Als ob ich die ganze Zeit über die Tibeterfamilie im Kopf gehabt hätte. Ob der Junge, der sich am Bein verletzt hatte, jetzt wohl zu Hause war? Wie hieß er noch gleich? Ach ja, Tenzin.

Auf der Straße war kaum Verkehr. Nur selten fuhr ein Lieferwagen vorbei oder klingelten Fahrräder. Ich sah das Haus schon von weitem. Zuerst ging ich schnell, doch je näher ich kam, desto langsamer wurden meine Schritte. Ich wollte nur kurz vorbeigehen, einen Blick in den Garten werfen, mehr nicht. Hinter mir rumpelte ein Skateboard auf dem Asphalt. Ein Kind lag auf dem Rollbrett, stieß sich mit Händen und Füßen vom Boden ab. Da die Straße ein wenig bergab ging, gewann das Rollbrett an Schnelligkeit. Ich blieb stehen; das Skateboard rollte an mir vorbei. Ich erkannte den kleinen Tibeter wieder. Als er auf die Füße sprang, sagte ich:

»Du bist doch Yeshe, nicht wahr?«

Er hob sein Rollbrett auf und schrie laut:

»Tenzin macht Schularbeiten.«

Ich wurde ein bisschen rot.

»Ich habe ja gar nicht vor, zu ihm zu gehen.«

»Warum?«, rief Yeshe. »Bist du böse auf ihn?«

»Weshalb sollte ich …«, begann ich.

Im selben Augenblick ging die Tür auf. Tenzin stand auf der Schwelle und winkte mir fröhlich zu.

»Tashi Delek!«, rief er.

Mein Mund wurde trocken. »Tashi Delek« – ich kannte diesen tibetischen Gruß, er bedeutet so viel wie »ich wünsche Glück« oder »ich wünsche Frieden«. Ich brachte den Spruch nicht über die Lippen, ich war nicht in der Stimmung, meinen Mitmenschen Glück oder Frieden zu wünschen. Am liebsten hätte ich die Zähne gefletscht.

»Woher weißt du, dass ich da bin?«, fragte ich verdutzt. Er lachte.

»Ich saß am offenen Fenster. Wenn Yeshe den Mund aufmacht, schallt es durch die ganze Nachbarschaft.«

»Eigentlich wollte ich nur vorbeigehen …«

Er blinzelte verschmitzt.

»Hast du wieder keine Zeit?«

»Und was ist mit deinen Schularbeiten?«, fragte ich.

»Die können warten.«

Er winkte mich zu sich heran. Zögernd stieg ich die Stufen empor, putzte mir die Schuhe an einer abgetretenen Fußmatte ab und trat ein. Devi, der kleine weiße Hund, sprang an mir hoch. Ich kraulte ihn kurz hinter den Ohren. Im Flur hingen Jacken, Pullover und Regenmäntel, ein paar Sportsäcke und Schuhe lagen auf dem Boden verstreut. Besondere Ordnung schien hier nicht zu herrschen; das gefiel mir. Bei meiner pingeligen Mutter musste immer jeder Gegenstand genau an seinem Platz liegen. Es roch nach Essen, Weihrauch und Kampfer, eine eigentümliche Mischung.

Tenzin öffnete eine Tür. Ich betrat das Wohnzimmer, es war ziemlich groß, mit einfachen, soliden Möbeln. Auf dem Boden lagen tibetische Teppiche, darauf waren alle möglichen Spielzeuge verstreut. Regalfächer waren mit zerlesenen Büchern, Bildbänden, Stofftieren und Trachtengruppen beladen. Ein Poster zeigte einen Elefanten, ein anderes eine Tänzerin im weißen Ballettrock, mit silbernem Kopfputz. Man merkte an dem fröhlichen Durcheinander, dass hier ganz verschiedene Leute lebten und dass jeder etwas von seinem eigenen Geschmack in das Zimmer gebracht hatte. Über einem Klavier hing ein großes, koloriertes Foto vom Dalai-Lama, dem geistigen Oberhaupt der Tibeter. Vor den Fenstern standen eine Menge Topfpflanzen, alle kräftig und grün und liebevoll gepflegt.

»Setz dich«, sagte Tenzin. »Trinkst du Buttertee?«

Der berühmte tibetische Buttertee! Ich hatte schon viel davon gehört, aber niemals probiert.

»Gerne!«

Tenzin verschwand in der Küche, kam mit einer Thermoskanne zurück. Er bewegte sich gelenkig und schnell, obwohl er ja hinkte.

Er holte ein Glas aus dem Schrank, schraubte die Thermoskanne auf und goss mir Tee ein, mit der Bemerkung:

»Er ist noch ziemlich warm.«

Ich nippte an dem Tee; er schmeckte nach Sahne, Mandeln und Fleischbrühe, eine seltsame Mischung.

»Gut?«, fragte er zweifelnd.

»Ja«, erwiderte ich.

»Da wird sich die Amla aber freuen. Ich trinke lieber Schwarztee.«

Wir lachten beide.

»Ist sie heute nicht da?«, fragte ich.

Er setzte sich mir gegenüber.

»Ich glaube, sie hält ihre Andacht.«

»Oh, da wollen wir sie aber nicht stören!«, sagte ich.

»Wir stören sie nicht. Wenn sie vor dem Hausaltar steht, hört sie nicht einmal einen Presslufthammer.«

Ich musste wieder lachen; alles, was er sagte, erschien mir komisch.

»Wo ist Pema?«, wollte ich wissen.

»Einkaufen.«

»Und Chimi? Wohnt die auch hier?«

»Die arbeitet in einem Reisebüro und hat ihre eigene Wohnung.«

»Zieht sie oft tibetische Kleider an?«

»Nur zu besonderen Anlässen. Aber ältere Leute tragen noch häufig die Nationaltracht. Das brauchen sie, um ihre Würde zu bewahren.«

»Was willst du damit sagen?«

Er zog die Stirn in Falten.

»Weißt du, das Leben ist nicht leicht für sie. Vor über dreißig Jahren kamen sie als Flüchtlinge in die Schweiz. Manche von ihnen waren in Tibet Großgrundbesitzer, Händler, Mönche oder Nomaden, die über eigene Viehherden verfügten. Es gab auch Beamte unter ihnen, hochgebildete und angesehene Leute. Plötzlich kamen sie in ein fremdes Land, wo sie weder die Sprache noch die Schrift verstanden. Viele arbeiteten als ungelernte Hilfskräfte in den Fabriken. Sie mussten es sich gefallen lassen, dass irgendwelche Analphabeten sie herumkommandierten. Das war schlimm für sie. Sie hatten keine Selbstachtung mehr.«

»Und die Amla?«

»Die hat auch eine Zeit lang am Fließband gearbeitet. Aber das machte ihr nichts aus. Frauen sind für gewöhnlich stärker als Männer.«

Ich starrte ihn an.

»Wie alt bist du eigentlich?«

»Ich?« Er grinste. »Schon zwanzig.«

»Du siehst aber jünger aus.«

Er lachte schallend.

»Zum Glück! Ich bin nämlich noch immer in der Schule. Bevor ich aufs Gymnasium konnte, musste ich zweimal die Aufnahmeprüfung wiederholen. Das hat mich ziemlich mitgenommen. Im nächsten Jahr mache ich mein Abitur, und dann sehen wir weiter.«

»Na ja«, sagte ich mit leiser Stimme, »wenn man den Ehrgeiz hat …«

Er hob die Brauen.

»Hast du ihn nicht?«

»Ach, ich weiß nicht. Für dich ist sowieso alles anders, du bist ja hier in der Schweiz geboren worden …«

Er schüttelte den Kopf.

»Ich? Wie kommst du darauf? Ich kam erst mit sieben Jahren nach Europa und musste alles hier nachholen.«

Ich schaute ihn an.

»Wie hast du das denn geschafft?«

Er zog die Schultern hoch.

»Tja, irgendwie halt.«

»Und deine Eltern?«

Er seufzte.

»Also, mein Großvater war Arzt und starb im Exil. Die Amla hatte drei Töchter. Meine Mutter Dolma war die Jüngste. Während der Flucht wurde sie von ihrer Familie getrennt. Sie wurde in der Hauptstadt Lhasa von einer Tante großgezogen. Sie war Lehrerin, als sie meinen Vater kennen lernte, und er unterrichtete ebenfalls.«

Er stockte. Ich sah ihn fragend an.

»Und dann?«

Seine Augen hatten einen wehmütigen Glanz.

»Mein Vater wurde von den Chinesen umgebracht. Meine Mutter versuchte mit mir zu fliehen. Auch sie wurde getötet.«

Er schwieg erneut. Ein Schatten flog über sein Gesicht.

»Und was war mit dir?«

Er schluckte so schwer, dass ich es hörte.

»Wie du siehst, bin ich noch am Leben. Die Amla und ihre beiden älteren Töchter waren damals schon in der Schweiz. Das Rote Kreuz brachte mich wieder mit ihnen zusammen.«

Eine kurze Pause entstand. Er starrte vor sich

hin. Ich merkte, ich hatte an Dinge gerührt, die schmerzlich für ihn waren, und wechselte lieber das Thema.

»Und wer ist Pema? Eine von Amlas Töchtern?«

Sein Blick kehrte zu mir zurück, offen und warm wie zuvor.

»Ja, sie ist die Älteste. Ihr Mann ist an Tuberkulose gestorben. Yeshe ist ihr zweiter Sohn. Der erste heißt Losang und ist ein Rimpoche.«

Ich beugte mich vor.

»Was ist er?«

Tenzin schmunzelte.

»Ein Tulku, eine Inkarnation. Ein heiliger Mann, wenn du so willst.«

»Uff!«, stöhnte ich. »Was macht er denn?«

»Er lebt im Kloster. In Rikon, bei Winterthur, du weißt doch, wo das liegt ...«

»Ja, so ungefähr.«

Mir schwirrte der Kopf. Tenzin erzählte weiter.

»Pema hat außerdem noch eine Tochter, Lhamo, sie studiert in Frankfurt Ballett. Aber ich glaube, sie ist zu dick dafür ...«, sagte er und schüttelte sich vor Lachen.

»Und Chimi?«

»Ihre Mutter Karma ist Amlas zweitjüngste Tochter. Ihre Ehe mit Chimis Vater ging in die Brüche. Jetzt arbeitet sie als Krankenschwester in Dharamsala und hat einen Engländer geheiratet. Der hat zwei Söhne von einer Inderin und ...«

»Stopp!«, rief ich. Das war jetzt wirklich zu viel auf einmal.

»Du musst mir alles ganz langsam erklären.

Schlückchenweise, sozusagen. Sonst verliere ich den Überblick.«

Er zwinkerte mir zu.

»Ich werde mir Mühe geben.«

Wir tauschten ein Lächeln.

»Noch etwas Tee?«, fragte er.

Ich hielt ihm mein Glas hin. Da ging die Tür auf; die Amla erschien in ihrer tibetischen Tracht, die pechschwarzen Zöpfe mit einigen Silberstreifen durchzogen. Ich stand hastig von meinem Sessel auf. Ich sah sie nun mit ganz anderen Augen: Sie war eine stolze alte Dame, die schwere Schicksalsschläge erlitten hatte. Jetzt lachte sie wie ein fröhliches junges Mädchen und streckte mir ihre schmalen, kräftigen Hände entgegen.

»Tashi Delek«, murmelte ich. Diesmal fiel mir der Gruß gar nicht schwer.

»Alice!«, rief sie, als ob sie meinen Namen komisch fand.

Hinter ihr stand die Tür halb offen; da sah ich es wieder, dieses wunderschöne gold flackernde Licht.

Ich stammelte:

»Ist dort das Gebetszimmer?«

»Wir benutzen es auch als Wohnraum«, sagte Tenzin.

»Aber die Amla will nicht, dass zu viel Zeug vor dem Hausaltar herumliegt.«

Die alte Dame nickte mit großem Nachdruck. Offenbar verstand sie gut deutsch. Sie hielt noch immer meine Hand mit erstaunlich festem Griff.

»Willst du es sehen?«, fragte sie.

Ich spürte meine Wangen heiß werden.

»Darf ich?«

»Komm!«, sagte sie.

Der Raum, in den sie mich führte, war klein. Weihrauchduft strömte mir entgegen. Im Hintergrund erblickte ich eine hölzerne Wand, kunstvoll geschnitzt, deren oberer Teil den Altar bildete. In verschiedenen Fächern und Vitrinen standen darin kleine Figuren und Kultgegenstände, alle möglichen Vasen und Gefäße. Oben auf dem Altar thronte eine vergoldete Buddhastatue. Gleich darunter hing ein Bild vom Dalai-Lama. Auf einem Tragbrett brannten in mehreren Glas- und Zinngefäßen kleine Flämmchen, die bei jedem Luftzug in sanftem Schimmer aufflackerten.

»Das sind echte Butterlampen«, sagte Tenzin leise. »Viele Exil-Tibeter benutzen für den Hausaltar elektrische Lampen. Aber die Amla hält sich an die alte Sitte.«

»Was bedeuten die Lampen?«

»Sie brennen zu Ehren Buddhas. Die Flammen stellen das Leben dar. Das Leben, das niemals endet.«

Kleine, flache Silberschalen waren mit Wasser gefüllt. Ich zählte sie: Es waren sieben. Ich sah Tenzin fragend an. Er lächelte.

»Sieben ist eine heilige Zahl. Diese Schalen sind sehr wichtig. Sie werden jeden Morgen mit frischem Opferwasser aufgefüllt. Abends wird das Wasser wieder ausgeschüttet.«

»Warum?«

»Nun, das Wasser versinnbildlicht unsere Gedanken. Unser Wesen soll so klar wie die Wasseroberfläche werden. Mit anderen Worten – wir sollen keinen

Unsinn machen!« Die Amla betrachtete mich mit ernstem Gesicht. Sie sprach ein paar Worte auf Tibetisch, die Tenzin für mich übersetzte.

»Hat man dir nie etwas über diese Dinge beigebracht?«

Ich schüttelte den Kopf. Nein, wer hätte mir so etwas beibringen können? Meine Mutter war evangelisch, wollte jedoch von der Religion nichts wissen. Mein Vater war katholisch, aber er ging niemals in die Kirche.

Die Amla schnalzte mit der Zunge. Es klang nicht wie ein Vorwurf. Ihr Gesichtsausdruck zeigte auch keine Missbilligung. Sie nahm einfach eine Sache zur Kenntnis.

»Wenn du dich für solche Sachen interessierst«, meinte Tenzin, »kannst du bei der Amla eine ganze Menge lernen.« Ich sagte weder ja noch nein. Im Augenblick streikten meine Gehirnzellen.

»Ich muss jetzt gehen«, sagte ich.

»Am Sonntag haben wir wieder eine Versammlung«, erklärte Tenzin. »Möchtest du dabei sein?«

Ich ließ mein Haar über die Stirn fallen.

»Wird da nur tibetisch geredet?«

»Sicher nicht. Es gibt auch eine Tanzvorstellung und tibetisches Essen. Chimi kommt übrigens auch. Sie wird eine Rede halten. Sie leitet die tibetische Frauenbewegung in der Schweiz.«

Ich traute meinen Ohren nicht.

»Die sieht doch so sanft aus!«

»Lass dich nicht täuschen. Glaubst du, sie sitzt da und schaut tatenlos zu, wie die Chinesen Lügenmärchen in den Medien verbreiten?«

»Engagierst du dich auch so für die Politik?«

Seine weichen Gesichtszüge wurden plötzlich ernst.

»Jetzt noch nicht.«

Ich verabschiedete mich von der Amla, die mir noch einmal beide Hände drückte und ganz eindringlich etwas zu mir sagte. Tenzin übersetzte:

»Sie möchte, dass du bald wieder zu Besuch kommst.«

Ich lächelte die alte Dame an.

»Geht sie auch zur Versammlung?«, fragte ich Tenzin.

»Aber selbstverständlich!«

Ich streichelte Devi zum Abschied, winkte Yeshe zu und ging.

Tenzin brachte mich bis zur Straßenbahn. Während er neben mir herging, merkte ich, dass er das linke Bein wirklich ziemlich stark nachzog.

»Wann hast du dich verletzt?«, fragte ich.

»Ach, das ist schon lange her.«

»Wird es nicht besser?«

»Vielleicht«, sagte er, und ich hatte das Gefühl, dass er über diese Sache nicht reden wollte.

Die Straßenbahn fuhr um die Kurve. Wir verabschiedeten uns.

»Also, bis am Sonntag! Du kommst doch, oder?«, sagte Tenzin. »Wir treffen uns hier bei uns. Um zehn, geht das?«

»Gut.«

Die Straßenbahn hielt; ich stieg ein. Tenzin stand immer noch draußen und blickte mich an. Dieser Junge war etwas ganz Besonderes. Ich mochte sein

Haar, diese Mischung aus Braun und Rot. Ob er es sich wohl färbte? Unsinn, dachte ich, der ist nicht der Typ dafür. Die Straßenbahn setzte sich in Bewegung. Ich ließ mich auf einen freien Platz fallen und sah, wie Tenzin über den Gehsteig humpelte. Was hat er bloß am Bein?, dachte ich. Schade, so sportlich, wie er ist. Eines Tages würde er es mir bestimmt sagen. Ich lehnte mich zurück. Mir wurde es zu warm, und ich warf mein Haar aus dem Nacken. Ich freute mich auf den Sonntag.

KAPITEL 6

Es war schon halb sieben. Berufsverkehr. Die Straßenbahn kam nur langsam vorwärts. Als ich ausstieg, klatschten die ersten Regentropfen hart und schwer auf den Asphalt. Ich rannte über die Straße, mein Blazer roch sofort nach feuchter Wolle. Der Aufzug brachte mich nach oben; ich machte die Tür auf.

»Alice?«

Doris kam aus der Küche, mit einem mürrischen Ausdruck in ihrem frisch geschminkten Gesicht. Sie trug enge Hosen und ein neues Top. Schwarz und Weiß, die perfekte Kombination.

»Wo warst du die ganze Zeit?«

Ich strich mein feuchtes Haar aus der Stirn.

»Bei Freunden.«

Sie steckte sich eine Zigarette an. Ihre Lider waren blau angemalt, ihr Lippenstift zu rot.

»Gehst du noch aus?«, fragte ich.

Sie sah auf die Uhr.

»Ich treffe mich mit Clemens.«

»Und bumst dann mit ihm.«

Sie blies gereizt den Rauch durch die Nase.

»Sei nicht frech, Alice.«

Sie hatte mir belegte Brote gemacht. Ich holte eine Cola aus dem Kühlschrank. Mir war klar, warum meine Mutter diesem Clemens jetzt nachlief. Paul heiratete; da wollte sie um keinen Preis zurückstehen.

»Clemens hat so viele tolle Pläne«, schwärmte sie. »Und wie er erzählen kann! Du kannst dir nicht vorstellen, wie witzig er ist. Aber du wirst ihn ja bald kennen lernen.«

Ich biss in ein Schinkenbrot.

»Auf die Bekanntschaft kann ich verzichten.«

Sie drückte so heftig die Zigarette aus, dass der Aschenbecher hin und her rutschte.

»Ich muss gehen. Räum bitte den Tisch ab, und stell die übrigen Brote in den Kühlschrank, sonst wird die Wurst schlecht.«

»Wann kommst du nach Hause?«

»Geh ruhig schlafen. Es kann spät werden.«

»Gibst du mir einen Kuss, wenn du da bist?«, fragte ich, wie ein Kleinkind.

Das war ein Familienritual, ein Überbleibsel von früher: Wenn sie nach Hause kam, setzte sie sich zu mir aufs Bett und sagte: »Schlaf gut«, auch wenn die halbe Nacht schon vorbei war.

»Nur wenn du mir versprichst, nett zu Clemens zu sein«, gab sie diesmal zur Antwort.

»Das ist Erpressung«, brummte ich.

Als Kind konnte ich nie schlafen, wenn die Eltern nicht zu Hause waren. Da stand ich im Dunkeln am Fenster und wartete, bis ich das Auto auf den Parkplatz fahren sah. Dann verkroch ich mich schleunigst ins Bett und stellte mich schlafend. Manchmal stand ich sogar im Schlafanzug im Treppenhaus und lauschte, bis unten die Haustür aufging, dann lief ich hastig in die Wohnung zurück. In manchen Dingen war ich wirklich komisch.

Meine Mutter nahm ihren Schirm, murmelte,

dass ihr Haar den Regen nicht vertrug, und ging. Ich setzte mich vor den Fernseher, kaute Gummibärchen und trank Cola. Irgendwas war anders als sonst; mich beschäftigten verschiedene Dinge, und alle hingen mit Tenzin zusammen. Als auf dem Bildschirm ein Paar heftig zu schmusen begann, überlegte ich, wie das wohl mit Tenzin wäre. Dabei wurde mir innerlich heiß. Heute war Mittwoch, wir würden uns erst am Sonntag sehen. Die Zeit kroch dahin, Geduld war nie meine Stärke gewesen. Mir kam Tenzins Großmutter in den Sinn; ich sah sie vor mir, in ihrer edlen, dunklen Tracht, mit ihrem wunderbaren Lächeln. Warum haben wir keinen Gebetsraum?, dachte ich. Wäre doch ganz schön, wenn wir so ein Zimmer hätten. Man könnte sich da zurückziehen und nachdenken, statt ständig vor der Glotze zu sitzen. Inzwischen waren die beiden im Fernsehfilm miteinander ins Bett gegangen, und ich wurde erst mal abgelenkt.

Ich sah mir den Streifen bis zum Schluss an, dann putzte ich mir die Zähne, stellte mich kurz unter die Dusche und ging zu Bett. Ich dachte noch eine Weile an Tenzin, stellte mir vor, wie er neben mir im Bett lag, den Kopf auf dem gleichen Kissen. Ich kam mir kitschig und romantisch vor. »Gute Nacht!«, flüsterte ich. Zu dumm, dass ich nicht wusste, wie man das auf Tibetisch sagt. Ich schlief ein, und als ich erwachte, saß meine Mutter auf der Bettkante. Ihr Atem roch nach Tabak und Wein.

»Wie spät ist es?«, murmelte ich.

»Ziemlich spät!«

Sie strich mir über die Stirn.

»Alice, hör zu«, flüsterte sie. »Clemens ist auch da. Sein Wagen hatte eine Panne. Du hast doch nichts dagegen, dass er im Gästezimmer übernachtet, oder? Morgen bringt er den Wagen in die Werkstatt.«

Schlagartig war ich hellwach. Okay, die Werkstatt war ganz in der Nähe, aber ansonsten log sie wie gedruckt. Erwachsene bilden sich gerne ein, dass Jugendliche schwer von Begriff sind. Ich schob ihre Hand weg.

»Lass mich in Ruhe!«

»Alice, nun sei doch nicht so ...«

Ich fuhr hoch.

»Sag ihm, dass er bloß nicht im Schlafanzug zum Frühstück kommen soll!«

Wütend warf ich mich auf die andere Seite. Doris seufzte und stand auf. Die Matratze gab federnd nach. Ich hörte, wie sie ging und behutsam die Tür hinter sich schloss. Aus dem Wohnzimmer tönte leises Husten, das Klirren von Gläsern, unterdrücktes Gelächter. Ich zog die Knie bis unter mein Kinn, steckte den Kopf unter die Decke. Hier unten hatte ich wenigstens meine Ruhe, auch wenn es so dumpf und schwül war, dass ich glaubte, ersticken zu müssen. Nachdem ich mit dem Finger ein kleines Luftloch in die Decke gegraben hatte, konnte ich es einigermaßen aushalten und schlief ein.

Sieben Uhr. Frühstückszeit. Ich traf Clemens in der Küche, er war nicht im Schlafanzug, wie ich befürchtet hatte, sondern fertig angezogen und rasiert, er hatte das Haar pomadig gekämmt. Sein Aftershave roch aufdringlich nach Moschus. Dass er seine Toilettensachen dabeihatte, bestätigte meine Vermutungen: von wegen Panne …!

Er grüßte aufgeräumt und schüttelte mir die Hand.

»Alice! Endlich lernen wir uns kennen. Doris hat mir schon so viel von dir erzählt.«

Ich zog meine Hand weg und vergaß, seinen Gruß zu erwidern. Clemens hatte bereits die Kaffeemaschine eingeschaltet, Weißbrot in den Toaster geschoben, Butter und Marmelade auf den Tisch gestellt. Als ob er hier zu Hause wäre. Er meinte, so einen Hunger wie heute Morgen habe er aber lange nicht gehabt.

»Toll, dass ich hier übernachten konnte! Wenn das nicht gegangen wäre, hätte ich ins Hotel gehen müssen.«

»Oder ein Taxi bestellen«, murmelte ich.

Er lachte; wir tauschten einen Blick. Offenbar gab er sich Mühe, dass ich ihn nett fand. Nur hatte ich keine Lust dazu. Dabei sah er ziemlich attraktiv aus: nicht sehr groß, aber sportlich, schmale Hüften, gepflegte Zähne und saphirblaue Augen. Er wirkte jung, humorvoll und fröhlich, aber es schien, als ob seine beiden Gesichtshälften nicht zusammenpassten: Der Mund bewegte sich und lachte, und seine Augen leuchteten starr, wie aus Glas.

Da kam meine Mutter, mit frisch geföntem Haar. Sie trug den flauschigen weißen Morgenmantel, den sie zu Neujahr im Ausverkauf erstanden hatte.

»Na, habt ihr schon Bekanntschaft geschlossen?«

»Aber natürlich!« Clemens schenkte ihr Kaffee

ein. »Wir passen wie Hand und Handschuh zueinander, nicht wahr, Alice?«

Ich verzog keine Miene.

»So schnell geht das nicht.«

Doris lachte etwas gezwungen.

»Ich kenne keinen Menschen, der so guten Kaffee macht wie Clemens. Das wirst du gleich merken, Alice.«

Ich warf ihr einen finsteren Blick zu. »Hm?«

»Hättest du etwas dagegen, wenn Clemens von Zeit zu Zeit hier übernachten würde?«

»Immer wenn sein Wagen zur Werkstatt muss?«

Die beiden lachten, wie Leute, die merken, dass sie durchschaut werden. Clemens zwinkerte mir zu.

»Ich hoffe, nicht nur dann.«

Er tätschelte Doris' Hand und blickte mich schelmisch von der Seite an, als ob er sagen wollte: Sieh nur, wie gut wir uns verstehen!

Sie rauchten beide. Im Aschenbecher qualmten Zigaretten. Ich würgte meine Cornflakes hinunter, knallte das Geschirr in die Spüle. Dann packte ich Schulbücher in den Rucksack, knotete einen Pulli um die Schultern und zwängte meine nackten Füße in die Turnschuhe.

»Willst du dich nicht von Clemens verabschieden?«, rief meine Mutter aus der Küche.

»Wozu?«, rief ich zurück. »Der kommt ja bald wieder!«

Ich warf die Tür zu, drückte heftig auf den Knopf. Der Aufzug surrte herauf. Clemens dachte wahrscheinlich, ich hätte einen Tick. Aber ich konnte doch nichts dafür, dass ich ihn nicht mochte. Vielleicht war er ja wirklich der Richtige für Doris, und wenn sie in ihn vernarrt war …

Igitt!

Da gefiel mir Barbara besser. Sie hatte einen freundlichen Blick, und wenn sie von dem Baby redete, wurden ihre Züge ganz weich. Ich konnte verstehen, dass Paul sie lieber mochte als meine Mutter.

Ich hatte eine ziemlich schlechte Nacht hinter mir, war den ganzen Tag mieser Laune, fand sämtliche Mitschüler doof. Alle gaben sich so cool, dabei sahen sie nervös aus, hatten jetzt schon das Gesicht, das sie mit dreißig haben würden. Man merkte, die konnten sich an nichts mehr freuen, obwohl sie von ihren Eltern alles bekamen, was sie sich nur wünschten. Den meisten, auch Stefan, ging es nur noch um Äußerlichkeiten. Liebe war für die ein Fremdwort. Ich glaube, die wussten nicht einmal, wie man das Wort buchstabiert.

Stefan war beleidigt, weil ich nicht mehr mit ihm ins Bett wollte.

»Hast du was?«

Ich schüttelte den Kopf.

»Ich will einfach nicht mehr. Das ist alles.«

»Es war doch cool mit uns.«

»Es sollte eben nicht cool sein.«

»Was hast du dir denn vorgestellt?«

»Nichts. Ich habe anderes im Kopf.«

»Was denn?«

»Das geht dich nichts an.«

Mir war längst bekannt, wie Stefan die Mädchen abschüttelte. Da hatte er ein gutes Know-how. Dass ich den Spieß diesmal umdrehte, passte nicht in sein Weltbild. Im Grunde war er nur furchtbar unsicher.

Und wenn ich mir das so überlegte, ging es den meisten nicht anders. Die fanden keinen Halt, kaum etwas Sinnvolles im Leben und nichts, was sie wirklich packte. Die hatten schon mit fünfzehn keine Ideale mehr.

In der Pause fragte ich Jessica:

»Redest du nie mit deinen Eltern über Religion?«

Sie fand die Frage witzig.

»Wenn sonntags die Glocken läuten, sagt mein Vater, da fliegen die Engel nach Rom.«

Ich gab ihr einen Kaugummi.

»Meine Eltern sagen, Religion sei Stuss. Immerhin haben sie sich kirchlich trauen lassen. Mit Brautkleid und allem Drum und Dran«, sagte ich.

Jessica nickte.

»Meine Eltern auch. Warum nicht? Nur zum Standesamt zu gehen, finde ich fantasielos. Danach hat man doch kaum das Gefühl, dass man richtig verheiratet ist.«

Ich zögerte.

»Was hältst du von den Buddhisten?«

»Sind das nicht die Spinner, die in rosa Schlabberzeug durch die Straßen hüpfen, Kuchen verteilen und ›hare, hare‹ singen?«

»Nee, das ist eine von diesen Sekten, bei denen sie dir das Geld abzapfen ... Der Buddhismus ist eine echte Weltreligion. Tibeter sind Buddhisten«, fügte ich stolz hinzu.

»Du auch?«

»Ja ... nein ... ich weiß nicht.«

Die Frage verwirrte mich. Aber ich hatte jetzt das Bedürfnis, mich auszusprechen.

»Ich bin ja keine richtige Tibeterin, ich bin schließlich adoptiert worden. Jetzt habe ich eine tibetische Familie kennen gelernt. Eine ganze Sippe, die Großmutter, die Kinder und die Enkelkinder. Da ist auch ein Junge, der aufs Gymnasium geht. Tenzin heißt er«, sagte ich und bekam rote Ohren.

Jessica zog ihren Kaugummi aus dem Mund.

»Nett?«

»Ganz süß irgendwie. Aber die wichtigste Person ist die Großmutter. Wenn die redet, dann hören alle zu.«

Jessica rollte den Kaugummi zu einem Kügelchen.

»Meine Großmutter lebt im Altersheim. Die hat nicht mehr alle Tassen im Schrank.«

Ich hing meinen Gedanken nach.

»Ich finde das gut, wenn alte und junge Leute zusammenleben.«

»Um Himmels willen!«, rief Jessica. »Meine Großmutter könnte ich keine zehn Minuten ertragen.«

Sie betrachtete mich mit neugierigem Blick.

»Dieser Tenzin … sag mal, hast du Stefan seinetwegen sitzen lassen?«

»Es geht in die Richtung.«

Meine Mutter machte Überstunden. Eine Mitarbeiterin im Geschäft hatte gekündigt und war nicht ersetzt worden. Meine Mutter hatte die Buchhaltung übernommen. Der Chef war sehr zufrieden mit ihr. Mit dem, was sie zusätzlich verdiente, konnten wir uns mal etwas leisten: ein Essen in einem guten Restaurant, neue Klamotten oder Bettwäsche. Als sie kam, stand Salat mit Hühnerfleisch auf dem Tisch. Das Huhn war von gestern, ich hatte die Reste verwertet. Ich setzte Teewasser auf, hängte zwei Teebeutel in die Kanne. Doris schlüpfte aus ihren Riemchensandalen, zog die nackten Füße hoch und rieb sich die Zehen.

»Ich bin zum Umfallen müde!«

»Du hast ja auch nicht viel geschlafen«, sagte ich bissig.

Eine leichte Röte überzog ihre Wangen.

»Alice! Das musst du doch einsehen. Wenn sich zwei Menschen gern haben, wollen sie zusammen sein, auch nachts.«

»Hauptsächlich nachts.«

Sie reagierte nicht auf meinen Kommentar.

»Übrigens ... was ich dir noch sagen wollte. Ich habe Clemens vorgeschlagen, hier zu wohnen. Er muss aus seiner Wohnung ausziehen. Der Vermieter setzt ihn an die Luft. Eigenbedarf. Er will jetzt die Wohnung für seine eigene Tochter.«

»Woher weißt du das?«

»Clemens hat es mir erzählt. Er sucht schon seit Wochen eine neue Wohnung. Aber du weißt doch, wie das ist, hier in Zürich ...«

»Jetzt hat er eine.«

Sie hob rasch den Blick.

»Ich bin froh, dass du einverstanden bist.«

»Wer? Ich? Mit Clemens nicht einverstanden sein ...?«

Die Ironie entging ihr; sie war viel zu sehr damit beschäftigt, sich zu rechtfertigen.

»Dazu kommt noch die praktische Seite: Clemens hat ganz in der Nähe ein Büro gemietet. Er baut ein kleines Unternehmen auf. Ein Direktversand für Kunstgewerbe: Designerlampen, handbemaltes Porzellan, lustige Regenschirme, Kalender mit Kinder- und Tierbildern, lauter entzückende Sachen. Er hat eine gute Kundenkartei, die er nutzen will.«

»Ich wünsche ihm viel Erfolg.«

»Er kann das Gästezimmer haben.«

»Gratis?«

»Sobald das Geschäft läuft, zahlt er mir Miete.«

»Inzwischen profitiert er von deiner Gutmütigkeit.«

»Alice, genug!«, rief sie ungehalten. »Clemens steckt sein ganzes Geld in die Firma. Weißt du überhaupt, wie viel Mut man heutzutage braucht, um sich selbstständig zu machen? Werd du erst mal erwachsen!«

Mir blieb das Huhn im Hals stecken.

»Der wird die ganze Wohnung voll qualmen, seine Sachen überall herumliegen lassen und bei dir im Bett schlafen. Und außerdem, ich ... ich mag ihn nicht. Paul fand ich viel netter.«

Ein Lächeln spielte um ihre Lippen, traurig, spöttisch, herausfordernd.

»Damit hast du wohl Recht. So einen wie Paul finde ich kein zweites Mal. Das darf ich mir nicht einbilden.«

»Und deswegen nimmst du den ersten besten, der dir über den Weg läuft.«

»Alice!«

Ihr Lächeln verschwand, sie hob erregt den Kopf.

»Das kannst du überhaupt nicht beurteilen.«

Sie stellte das Geschirr in die Spülmaschine und wischte den Tisch ab. Und da sagte ich, ich weiß nicht, warum:

»Du, ich habe ein paar Tibeter kennen gelernt.«

Sie reagierte zerstreut.

»Nette Leute?«

»Eine ganze Familie. Die haben mich zu einer Versammlung eingeladen. Am Sonntag. Irgendwelche Leute halten eine Rede. Dann gibt es ein tibetisches Essen und eine Tanzvorstellung.«

Sie schwieg eine Sekunde, bevor sie sagte: »Clemens kommt am Sonntag und bringt schon ein paar von seinen Sachen hierher.«

»Ich werde ihm nicht im Weg stehen.«

»Sei nicht so kratzbürstig«, erwiderte sie matt. »Du könntest ja dabei sein. Clemens hat uns zum Essen eingeladen. Sobald er ausgepackt hat, wollen wir uns einen schönen Tag machen. Aber wenn du dauernd herummotzt …«

»… ist es besser, ich verschwinde.«

Sie antwortete nicht, drehte den Kopf weg und ging aus der Küche. Ich hätte am liebsten geheult.

KAPITEL 7

Der Sonntag kam; ich dachte, hoffentlich wird das Wetter schön, aber ein Gewitter wäre mir auch egal gewesen. Ich hatte Paul angerufen und ihm gesagt, dass ich an diesem Sonntag mit Freunden verabredet war. Er reagierte auf komische Art. Es schien fast so, als ob er froh darüber wäre, dass ich nicht kam. Oder bildete ich mir das vielleicht nur ein? Ich war in letzter Zeit entsetzlich empfindlich, hatte ständig das Gefühl, dass mich keiner mehr mochte, dass ich wie ein Fußball hin und her geschoben wurde. Paul hatte nur sein Baby im Kopf und Doris ihren Clemens. Seit halb acht Uhr morgens war sie dabei, das Gästezimmer auszuräumen. Kartons und Schachteln lagen auf dem Fußboden. Sie leerte alle Schubladen, schleppte Sachen in den Keller. Bloß, damit der Kerl genug Platz hatte. Als ich zu ihr kam und sagte, ich würde jetzt gehen, warf sie mir ein paar abgetragene Pullover an den Kopf.

»Was haben die hier zu suchen? Nimm die gefälligst in dein Zimmer.«

Ich schmiss die Sachen auf mein Bett und stellte mich vor den Spiegel. Ich trug die schwarzen Jeans, dazu eine weiße Bluse und meine Halskette, an der ein winziges goldenes Herz baumelte. Mein Haar duftete frisch; ich hatte es mit Zitronenshampoo gewaschen. Ich hörte meine Mutter im Nebenraum hantieren. Als ich meinen Blazer vom Kleiderhaken nahm, steckte sie den Kopf durch den Türspalt.

»Komm nicht zu spät nach Hause!«

Ich dachte, das kann dir doch egal sein, winkte mit dem Schlüsselbund und ging. Die Straßenbahn kam ein paar Minuten später. Die Fahrt war nur kurz. Ob Tenzin pünktlich war? Ich mochte keine Jungen, die mit Verspätung kamen. Doch er stand an der Haltestelle, ich sah ihn schon von weitem: blaues Hemd, Jeans, und dieses geschmeidige, leicht gewellte Haar, das rötlich in der Sonne leuchtete. Ich stieg aus. Nicht schnell genug offenbar. Eine Frau stieß mich von hinten an, sodass ich fast auf ihn prallte. Wir lachten uns an. Ich sah uns beide wie in einem fernen, sehr fernen Spiegel.

»Hübsch siehst du aus«, meinte er.

»Ach, ich weiß nicht ...«

Ich fand mich selbst auch nicht schlecht, aber das wollte ich ihm natürlich nicht sagen. Er berührte flüchtig meine Schulter.

»Komm! Wir fahren mit Chimis Wagen.«

»Wie geht es deinem Bein?«, fragte ich, als wir über die Straße liefen.

»Unverändert. Aber ich finde mich damit ab. Losang Rimpoche sagt, wir müssen im Schmerz auch die Freude sehen.«

»Klingt erbaulich. Aber was heißt das genau?«

»Wer niemals Schmerzen hatte, der weiß nicht, was Freude ist. Er hat auch kein Verständnis dafür, wenn andere leiden. Losang meint, ich hätte Glück gehabt, dass ich gelitten habe. Das hat mich weitergebracht.«

»Hattest du einen Unfall?«

Er zögerte mit der Antwort.

»Eigentlich nicht.«

»Willst du nicht darüber sprechen?«

»Doch, aber jetzt nicht.«

Er lachte plötzlich.

»Es ist eine lange Geschichte. Wenn ich die jetzt erzähle, meckert Chimi. Die wartet schon mit dem Autoschlüssel in der Hand.«

Chimi stand tatsächlich schon neben einem großen Toyota-Kombi, der ziemlich gebraucht aussah. Über ihrer tibetischen Tracht mit der gestreiften Schürze aus schöner Seide trug sie eine kurze Jacke. Ihr Haar war zu einem Pferdeschwanz gebunden. Ihr Gesicht mit den feinen, scharfen Zügen war leicht geschminkt; neben ihr kam ich mir wie ein Trampeltier vor.

»Wo habt ihr bloß gesteckt?«, rief sie. »Los, einsteigen!«

Im Kombi saßen die Amla, Pema und der kleine Yeshe. Chimi raffte ihr Kleid hoch, kletterte in den Wagen und setzte eine Sonnenbrille auf. Tenzin und ich zwängten uns neben sie auf den Fahrersitz. Devi schnüffelte aufgeregt an meinen Knien. Pema schenkte mir ihr weiches Lotoslächeln, während die Amla liebevoll meine Schulter tätschelte.

»Tashi Delek! Wir gehen zum Fest!«, brüllte Yeshe.

Chimi drehte den Zündschlüssel. »Hör auf, mir in die Ohren zu schreien!«

Sie ließ den Motor an. Der Wagen setzte sich ruckartig in Bewegung, sauste in vollem Tempo die Straße hinunter. Chimi sah mich von der Seite an.

»Warst du noch nie bei einer tibetischen Veranstaltung?« Ich schüttelte den Kopf. »Es ist das erste Mal.«

»Dann wird es aber Zeit.«

Sie kurvte mit quietschenden Reifen um die Ecke.

»Das überleben wir nicht«, sagte Tenzin.

»Sei still und mach die Augen zu!«

Ich lachte; er lachte auch. Ich mochte die Art, wie Chimi fuhr, so richtig schnittig, aber auch sehr sicher. Bald erreichten wir die Vororte, fuhren eine Zeit lang die Autobahn entlang. Dann kamen wir durch einige Dörfer, bogen in eine Landstraße ein. Zehn Minuten später erreichten wir einen Gasthof. Auf dem Parkplatz und sogar auf den Wiesen ringsumher stand bereits eine große Anzahl Autos. Die Tibeter kamen von allen Seiten herbeigelaufen: Frauen und Männer, Kinder und alte Leute. Viele hatten Hunde mitgebracht; langhaarige, quirlige Geschöpfe mit schwarzen Kulleraugen, die mit den Kindern herumtollten. Devi stemmte aufgeregt die Pfötchen gegen die Scheibe. Alle lachten, und Chimi sagte zu mir:

»Die Hunde gehören bei uns zur Familie. Sie sind sogar zum Gottesdienst zugelassen.«

Sie hielt den Kombi am Straßenrand an, haarscharf neben einem Baum. Pema schüttelte zweifelnd den Kopf.

»Kannst du hier parken?«

Chimi schob ihre Sonnenbrille zurück.

»Genau hier gefällt es mir.«

Wir stiegen aus. Die warme Sonne tat wohl, das dichte Laub schimmerte golden, im Gras wuchsen

Gänseblümchen und Klee. Die Tibeter lachten uns zu und winkten. Noch vor ein paar Tagen wusste ich nicht, dass es diese Menschen hier gab. In ihrem Kreis fühlte ich mich aufgenommen und geborgen. Es war wie eine große, warme Welle, die mich trug.

Wir gingen auf das Gasthaus zu, kamen aber nur langsam vorwärts. Ständig wurden wir von Familien aufgehalten, die uns begrüßten. Die älteren Frauen trugen lange Faltenröcke, gestickte Schals und Seidenschürzen, dazu auffallende Ketten und Armreife mit Türkisen und Korallen. Die Männer hatten kurze Mantelgewänder und Pluderhosen an. Einige von ihnen trugen einen breitkrempigen Filzhut auf dem Kopf. Auch modern aussehende junge Frauen waren in tibetischer Tracht erschienen; sie ordneten ihre Schals, stolperten über ihre Röcke und kicherten. Gelächter und Rufe ertönten von allen Seiten; Frauen drängten sich heran, um die Amla und Pema zu umarmen. Yeshe war schon fort, bei den anderen Kindern, die lachend über die Wiese liefen. Die Hunde hüpften, bellten und wälzten sich im Gras. Mich begrüßten die Tibeter mit freundlicher Neugierde, fragten, wie ich heiße und wo ich wohne. Ich ärgerte mich, dass ich nur deutsch verstand. Aber mit jedem Schritt, den ich tat, tauchte ich tiefer in jene Welt ein, die in den ersten Tagen meines Lebens auch die meine gewesen war. Nun trat sie wieder in mein Bewusstsein und wurde mir mit jedem Augenblick vertrauter.

Der Festsaal war mit Lampions und bunten Fähnchen geschmückt. Die Gäste saßen auf Bänken vor langen Tischen. Alle hatten große Kannen und Plastikbecher vor sich stehen, aus denen sie Buttertee tranken. Die älteren Leute rauchten kleine Zigaretten, hüteten die Kinder; manche saßen ernst und geistesabwesend da. Auch einige Schweizer waren anwesend, Familienangehörige oder Freunde. Stimmengewirr und Gelächter erfüllten den Raum. Auf einer Holzbühne stand ein Rednerpult, dahinter war die tibetische Flagge ausgebreitet. Ich wunderte mich, wie farbenfroh sie war. Die mit einer goldgelben Borte eingerahmte Fläche war in Dreiecke unterteilt und zeigte eigenartige Symbole.

»Was bedeutet die Flagge?«, fragte ich Chimi.

Sie zog die Nase kraus.

»Warte, lass mich nachdenken. Also, das blaue Dreieck mit den zwei Schneeleoparden zeigt die Berge. Dahinter geht die Sonne auf. Ihre Strahlen sind abwechselnd rot und blau.«

»Und was steht da?«

»Unser Wappenspruch: Herz der Gletscher, Quelle der Ströme, Raum der Weite, Ort der Reinheit.«

»Ist damit Tibet gemeint?«

Ihre Augen blitzten.

»Ja, das ist Tibet. Und das wird Tibet bleiben. Solange die Erde sich dreht.«

Ich staunte über die Energie und Leidenschaft in ihrem Blick. Tenzin wirkte in seiner schelmischen Art verträumt. Aber Chimi hatte etwas Sprühendes, Kämpferisches an sich, das mich faszinierte.

Ganz vorne, neben der Bühne, saßen einige Mönche mit kahl geschorenen Schädeln. Sie trugen rostrote Gewänder; ein Ärmel baumelte ihnen leer über den Rücken, sodass einer ihrer Arme nackt blieb.

Ein junger Mönch erhob sich, kam uns entgegen. Er neigte den Kopf, fröhlich lachend, und faltete die Hände zum Gruß.

»Das ist mein Cousin, Losang Rimpoche«, sagte Tenzin. Er ging zuerst auf die Amla zu und segnete sie, indem er beide Hände auf ihre Stirn legte. Sie lachte voller Zuneigung, während sie ihm die weiße Kata, eine Glücksschärpe aus leichter Kunstseide, um die Schultern legte. Dann begrüßte er seine Mutter Pema und segnete jeden aus seiner Familie – auch Yeshe, der plötzlich wieder aufgetaucht war. Das Ganze vollzog sich nicht feierlich, sondern unbefangen und sehr herzlich. Ich stand etwas abseits, kam mir überflüssig vor, bis Chimi mir einen kleinen Schubs in den Rücken gab und mich vorstellte. Losang Rimpoche begrüßte mich und strahlte mich an. Er war schlank und groß gewachsen, hatte eine hohe Stirn, schön geformte Lippen und eine schmale, feine Nase.

»Bist du zum ersten Mal hier?«, fragte er in fehlerfreiem Deutsch. »Wo kommst du her?«

»Aus … aus Zürich«, stammelte ich.

»Sie wurde adoptiert«, warf Chimi ein.

Losang Rimpoche nickte.

»Ich sehe schon. Nun, ich hoffe, dass du Buttertee magst.«

»Na ja …«, begann ich.

Er zwinkerte mir zu.

»Unter uns, ich kann Buttertee nicht ausstehen. Aber sage das bitte nicht weiter.«

»Bestimmt nicht«, murmelte ich.

Ich war wie vor den Kopf geschlagen. Das sollte

ein heiliger Mann sein? Ich hatte ihn mir ernst und würdevoll vorgestellt, und nicht wie einen, der Witze macht.

Inzwischen waren noch andere Mönche gekommen, ältere Männer mit dunklen Gesichtern und vom Wetter gegerbter Haut. Losang Rimpoche gesellte sich zu ihnen. Chimi hatte sich zu ein paar Frauen gesetzt, die sich lebhaft unterhielten. Tenzin berührte meinen Arm.

»Komm! Da sind noch zwei Plätze frei.«

Wir setzten uns. Ein Mann schob uns die Kanne mit Buttertee über den Tisch. Tenzin blinzelte mir zu.

»Du kannst auch Mineralwasser haben.«

»Stimmt das, dass dein Cousin keinen Buttertee mag?«

»Den mochte er schon als Kind nicht. Buttertee fand er immer abscheulich. Vermutlich hatte seine frühere Inkarnation das gleiche Problem.«

»Kannst du mir endlich mal sagen, was du mit Inkarnation meinst?«

Er hob in gespielter Ratlosigkeit die Augen zur Decke.

»Wie soll ich dir das erklären?«

»Am besten so, dass ich es verstehe.«

»Also gut. Wir Tibeter glauben, dass der Körper aller Wesen sich abnutzt und stirbt, dass der Geist jedoch ewig lebt. Alle Menschen und Tiere sind nicht nur einmal auf dieser Welt, sondern werden immer wieder in einen anderen Körper neu geboren.«

»Du meinst also, dass ich schon früher mal da war?«

»Ja, du bist wie alle fühlenden Wesen auf dem Weg, der aufwärts und schließlich zur Befreiung führt.«

»Wovon soll ich denn befreit werden?«

»Von Schmerzen und Sorgen und von Problemen. Aber das ist ein mühsamer Vorgang.«

»Kann ich mir vorstellen!«

»Man kommt nur langsam vorwärts, von Leben zu Leben. Für gewöhnlich brauchen wir eine endlos lange Zeit, bis wir den ganzen Ballast schließlich hinter uns gelassen haben. Aber es gibt Menschen, die sich schneller entwickeln. Sie erkennen Dinge, die andere vielleicht erst in tausend Jahren begreifen.«

»Wie machen die das?«

»Sie haben von Natur aus die ganz besondere Fähigkeit zur Einsicht. Solche Erwachte – wie wir sie nennen – bedauern jene, bei denen der Weg zur Befreiung viel, viel länger dauert. Aus Mitleid sind sie bereit, sich selbst wieder und wieder zu verkörpern, um ihren Mitmenschen zu helfen. Das werden sie so lange tun, bis alle Wesen befreit sind.«

»Gehört Losang auch zu dieser Sorte von Menschen?«

»Richtig, auch er ist ein Rimpoche.«

»Ist er deswegen ins Kloster gegangen?«

»Ja, aber du musst nicht glauben, dass er nur auf dem Hintern sitzt und betet. Er hat Pädagogik und Psychologie studiert und arbeitet als Lehrer. Außerdem erledigt er für Seine Heiligkeit, den Dalai-Lama, alle PR-Angelegenheiten in Europa.«

»Dann ist dein Cousin also so etwas wie ein hohes Tier?« Er nickte amüsiert:

»Man kann es so sagen. Aber er wird bald zurücktreten, weil er lieber Lehrer ist, als Öffentlichkeitsarbeit zu machen. Seine Nachfolgerin ist schon gewählt: Rinchen Tehotong lebt momentan noch in Stockholm, aber sie wird nach Genf ziehen und dort das Tibet-Büro leiten.«

Ich starrte ihn an.

»Eine Frau?«

»Hast du was dagegen? Tibeter sitzen auf dem Dach der Welt. Nicht hinter dem Mond. Und der nächste Dalai-Lama könnte durchaus ein Mädchen sein. Religiöse Diskriminierung gibt es bei uns nicht.«

Ich hob verwirrt mein Glas an die Lippen.

»Aber wie hat dein Cousin denn gemerkt, dass er äh … eine Wiedergeburt ist?«

Er nahm einen Schluck Mineralwasser.

»Also, wenn große Weise, berühmte Lehrer oder Äbte bedeutender Klöster alt werden, bittet man sie, sich der Menschheit wieder zur Verfügung zu stellen. Dann kommt es vor, dass die Sterbenden Hinweise auf den Ort ihrer Wiederkunft geben. Sie teilen den Hinterbliebenen auch besondere Merkmale mit, auf die sie achten sollen.«

»Sie sagen zum Beispiel, dass da bald einer geboren wird, der keinen Buttertee mag …«

»Zum Beispiel. Und nach ihrem Tod helfen Orakel, Träume und besondere Gebetsübungen bei der Suche weiter. Manchmal trifft man Kinder, auf die diese Zeichen zutreffen, aber das genügt nicht. Das Kind muss sich selbst ausweisen.«

»Wie?«

»Indem es Mitglieder seiner früheren Familie wiedererkennt, sein ehemaliges Wohnhaus beschreibt oder unter einer Menge von Gegenständen sofort jene herausgreift, die es schon in seinem vorherigen Leben benutzt hatte. Das Kind muss bei diesen Prüfungen noch sehr jung sein – zwischen zwei und fünf Jahre alt. Es ist dann schon in der Lage, sich sprachlich auszudrücken, gleichzeitig aber sind seine Erinnerungen an früher noch deutlich. Später erlebt es neue Eindrücke und wird die alten vergessen.«

»Gilt das nur für Jungen? Oder auch für Mädchen?«

»Für beide natürlich. Übrigens, Männer können auch als Frauen wiedergeboren werden und umgekehrt.«

»Was ist, wenn man eine solche Wiedergeburt nicht erkennt?«

»Es kommt vor, dass sie ihr Leben lang unerkannt bleibt. Dann geht ihre Weisheit und Einsicht für die Menschheit verloren. Es ist sehr wichtig, Wiedergeburten rechtzeitig zu erkennen. Nur wenn wir sie erkannt haben, können wir die Erwachten bei ihrer Arbeit unterstützen.«

Ich legte beide Ellbogen auf den Tisch. Lautes Stimmengewirr erfüllte noch immer den Saal, aber ich hörte nur das, was Tenzin erzählte.

»Und wie wurde Losang entdeckt?«

»Ach, das ist kein einmaliges Ereignis in unserer Familie. Meine Großtante war auch eine Rimpoche. Sie heilte Menschen und Tiere, nur mit ihren Händen. Außerdem hatte sie ein loses Mundwerk. Die Leute liefen vor ihr davon.«

»Nicht gerade gut, wenn man geheilt werden will! Und wie steht es mit dir?«

»Ob ich ein loses Mundwerk habe?«

»Nein, ob du ein heiliger Mann bist.«

Er prustete los.

»Ich brauche noch ein paar Leben, bis mir die Erleuchtung kommt.«

»Könnte ich auch mal eine heilige Frau werden?«

»Warum nicht? Wenn du in diesem Leben nett bist, schaffst du es ziemlich schnell.«

»Da habe ich ja nicht besonders gute Voraussetzungen: Ich bin nämlich überhaupt nicht nett ...!«

»Dann musst du dich noch ein paar Jahrhunderte gedulden.«

Ich schüttelte langsam den Kopf.

»Wenn ich dich so reden höre, frage ich mich, ob du Witze machst oder es ernst meinst.«

Er kniff verschmitzt die Augen zusammen.

»Ich mache Witze. Und ich meine es ernst.«

In diesem Augenblick gingen ein paar Männer und Frauen auf die Bühne; Chimi und Losang Rimpoche waren auch dabei. Es wurde still im Saal. Ein schlanker Mann trat vor und begann eine Rede in behäbigem Tonfall.

»Das ist Norbu Gyaltsen, der Präsident des Tibeter-Vereins in der Schweiz.«

Alle hörten aufmerksam zu. Tenzin saß dicht neben mir und übersetzte.

»Ein bekannter Tibeter, der sich sehr für die Menschenrechte eingesetzt hat, wurde in Lhasa von der chinesischen Polizei verhaftet. Seitdem ist man ohne

Nachricht von ihm. Man befürchtet, dass er im Gefängnis gefoltert und umgebracht wurde.«

Tenzin seufzte. »Es ist schlimm, weißt du. Die westlichen Regierungen sind genau im Bild. Aber eine ablehnende Chinapolitik schadet ihrer Marktwirtschaft. Dass die Chinesen in Tibet Völkermord begehen, fällt da nicht ins Gewicht.«

»Aber das ist doch eine Gemeinheit!«

Er lächelte traurig.

»Die Überlegungen der Politiker sind sachlicher Natur, wie es so schön heißt. Mit anderen Worten: zuerst das Geld und dann die Menschenrechte.«

Nun trat Losang Rimpoche an das Rednerpult. Ich betrachtete seine hohe, elegante Gestalt. Er sprach gelassen und selbstsicher, unterstrich seine Worte mit anmutigen Gesten. Dann nahm er einen Umschlag aus seinem Brustbeutel, zog einige Briefbogen heraus. Er hob sie andächtig an seine Stirn, bevor er die Seiten auseinander faltete. Es war plötzlich ganz still im Saal. Alle saßen bewegungslos, sogar die Kinder.

»Losang war vor zwei Monaten in Indien und überbringt uns eine Botschaft von Seiner Heiligkeit, dem Dalai-Lama, der dort im Exil lebt.«

Tenzin übersetzte im Flüsterton, während der Mönch vorlas.

»Seine Heiligkeit bittet uns, weder Hass noch Rachegefühle in uns aufkommen zu lassen. Unser Verhalten möge von Nächstenliebe geprägt sein, von Verständnis und Mitgefühl. Wir sollen in jedem Menschen ein lebendes Gotteskind sehen. Viele Menschen glauben, dass sie ihre Schwierigkeiten und Probleme mit Gewalt lösen können. Aber Gewalt führt zur Gewalt. Sogar unseren Feinden sollen wir mit Geduld und Verständnis begegnen. Wir sollen diese Menschen bedauern, anstatt sie zu hassen. Es fehlt ihnen an Liebe, denn ihr Geist ist noch nicht voll entwickelt, und sie sind unsicher und haben Angst. Wenn wir Mitleid mit ihnen haben, will das nicht heißen, dass wir vor unseren Feinden kapitulieren. Aber wir müssen uns immer die Nachteile und Konsequenzen der negativen, schlechten Gefühle wie Ärger, Wut und Angst vor Augen führen und versuchen, die Grundlage für eine bessere Welt zu schaffen.«

Der Dalai-Lama schloss mit den Worten:

»Bitte denken Sie über das nach, was ich gesagt habe, und wenden Sie diese Ratschläge an, wenn sie Ihnen sinnvoll erscheinen.«

Ich war bewegt. Ich spürte die unendliche Güte, die Lebensweisheit dieser Botschaft. Die schlichten Worte des Dalai-Lama berührten das Herz, gaben Mut und Kraft und Hoffnung.

»Was machst du für ein Gesicht?«, fragte mich Tenzin, als Losang Rimpoche das Rednerpult verließ.

Ich schluckte.

»Klingt idiotisch, aber ich hätte fast geheult.«

Zu meiner Überraschung sagte er ruhig:

»Ja, das ist ganz normal. Wenn die Menschen echte Gefühle spüren, beginnen sie nachzudenken. Zuerst über sich selbst, dann über ihre Mitmenschen. Und schließlich über die Welt. Sie merken, dass viele Dinge schlecht sind, und möchten, dass sie gut werden. Aber sie können erst dann etwas verändern, wenn sie bei sich selbst anfangen, wenn sie begreifen, dass jeder einzelne von uns ein Teil von der Verantwortung für Gerechtigkeit und Frieden trägt.«

»Denkst du auch so?«

Er dachte nach, nickte dann.

»Ja. Aber ich habe lange gebraucht, es zu begreifen.«

»Warum?«

»Weil ich wütend war.«

Lächelnd sagte ich:

»Ich kann mir überhaupt nicht vorstellen, dass du wütend werden kannst.«

»Heute nicht mehr. Nicht auf diese Art, meine ich. Ich würde jetzt versuchen, zuerst nachzudenken.«

»Hast du schlimme Dinge erlebt?«

Ein Seufzer hob seine Brust.

»Man kann es wohl so nennen.«

Inzwischen hatte sich Chimi dem Rednerpult genähert. Tenzin wurde sofort wieder heiter.

»Jetzt geht es los.«

Und in der Tat: Chimi schüttelte ihren Pferdeschwanz, blähte die Nasenflügel auf und hielt mit bebender Stimme eine heftige Rede, die sie mit lebhaften Gebärden untermalte. Sie sprach gute fünf Minuten lang mit gleich bleibender Intensität, scheinbar ohne Atem zu holen und ohne jemals nach einem Wort zu suchen. Dann hörte sie ebenso unvermittelt auf, wie sie angefangen hatte, warf den Kopf in den Nacken und empfing in stolzer Haltung den tosenden Applaus.

»Was hat sie gesagt?«, fragte ich Tenzin.

Er schmunzelte.

»Wörtlich?«

»Im Großen und Ganzen.«

»Im Großen und Ganzen sprach sie von der Weltfrauenkonferenz, die in ein paar Wochen in Peking stattfinden wird. Sie sagte, China habe Angst vor den Tibeterinnen und wolle ihnen deshalb das Visum verweigern. Und wenn die Schweiz die Aufnahme einer tibetischen Frau in der Schweizer Delegation verweigere, werde sie dafür sorgen, dass die ganze Welt davon erfährt.«

Ich traute meinen Ohren nicht.

»Und wie will Chimi das machen?«

Tenzin lachte leise.

»Sie wird sich schon etwas einfallen lassen.«

Inzwischen roch es nach Essen. Die Türen zu den Küchen waren offen. Ich sah Frauen und junge Männer vor großen Töpfen stehen und emsig arbeiten.

»Wir haben unsere eigene Küchenbrigade«, erklärte mir Tenzin. »Der Gasthof stellt uns die Küche zur Verfügung.«

Bald wurde das Essen auf Papptellern aufgetragen.

Butternudeln, mit stark gewürztem Hühnerfleisch vermischt, oder Krapfen aus Tsampa, einer Art Weizenmehl, die mit gebratenen Gemüsewürfeln, Rosinen und Nüssen gefüllt waren. Die Gerichte schmeckten mir. Ich schlug mir den Bauch voll, lachte und scherzte mit meinen Tischnachbarn. Nach dem Essen führten einige Kinder aus der tibetischen Schule Volkstänze auf. Zierliche Mädchen und Jungen, buntgekleidet und gelenkig, das schwarze Haar wippend wie Vogelgefieder. Die Zuschauer unterhielten sich angeregt, lachten und spendeten Beifall. Sämtliche kleinen Kinder drängten sich vor der Bühne; ein paar kletterten auf den Bretterboden, sangen und klatschten in die Hände. Die Hunde waren immer dabei. Ein Tier hüpfte sogar auf die Bühne. Keiner störte sich daran, nur herzliches Gelächter kam von allen Seiten.

Bald verließen die Kinder die Bühne. Nach einer kurzen Pause begann die eigentliche Vorstellung. Scheinwerfer flammten auf. Zum Klang von Trommeln, unter Rasseln und Klirren, traten ganz erstaunliche Gestalten aus den Kulissen. Die vermummten Tänzer trugen Gewänder aus Brokat und schillernder Seide. Ihre Gesichter waren hinter hölzernen Tiermasken verborgen, die bemalt und vergoldet waren. Nacheinander erschienen Hirsch, Fuchs, Adler, Affe und Hase. Der Hase trug einen Vogel aus Stoff auf seinem Rücken. Zwei der Schauspieler steckten in einem einzigen, großen Kostüm, mimten mit schwerfälligen Bewegungen einen Elefanten. Die Tänzer spielten auf Triangeln und schüttelten Glocken, schlugen in dumpfem Rhythmus kleine Holztrommeln. Während sie Drehungen und Sprünge vollführten, betrat ein Darsteller, der als alter Mann verkleidet war, die Bühne. Er trug einen kleinen Gegenstand, unter glitzerndem Brokatstoff verborgen. Die Tiere hüpften ihm entgegen, zogen ihn in ihren Kreis. Nachdem er sich vielmals verneigt hatte, schlug der alte Mann das Deckchen zurück; zum Vorschein kam ein Kuchenbrot, das er unter den Tieren verteilte.

Ich verstand überhaupt nichts und warf Tenzin einen fragenden Blick zu. Er rückte näher zu mir heran.

»Die Tiere stellen die sechs Elemente des langen

Lebens dar. Der alte Mann bietet den Tieren Torma an – ein besonderes rituelles Gebäck. Nun entsteht eine Freundschaft. Das Stück zeigt die Harmonie zwischen den lebenden Kreaturen. Die Menschen denken und planen, die Tiere haben andere Fähigkeiten. Wenn Menschen und Tiere in Eintracht leben, entsteht eine besondere Kraft, die gemeinsam für das Wohl dieser Erde wirkt.«

Ich lächelte ihn an. Solche Dinge leuchteten mir sofort ein. Das Problem war nur, dass mich keiner bisher darauf aufmerksam gemacht hatte. Weder daheim noch in der Schule. Alles war nur theoretisches Geschwätz, sogar im Religionsunterricht.

Tenzin sah mich an. Ich dachte, ja, mit ihm kann ich über so etwas reden. Wir tauschten einen freundlichen Blick, als ich hinter mir eine Bewegung spürte. Ich wandte den Kopf, sah Losang Rimpoche, der mir sein reizendes Lächeln schenkte.

Tenzin sprang sofort auf, um ihm seinen Platz zu überlassen, doch Losang schüttelte den Kopf. Er wollte nur kurz nachfragen, ob ich mich nicht langweilte. Seine Stimme klang leicht ironisch.

»Überhaupt nicht!«, erwiderte ich, ein bisschen zu überschwenglich für meinen Geschmack.

»Wie haben dir die Tänze gefallen?«

Ich hielt es für das Beste, die Wahrheit zu sagen.

»Am Anfang fand ich sie komisch. Aber Tenzin hat mir alles erklärt.«

»Schön«, sagte er. »Ich wollte dir sagen, dass am nächsten Sonntag im Rikon-Kloster ein Mandala-Ritual für den Weltfrieden stattfindet. Du bist herzlich eingeladen.«

»Was ist ein Mandala-Ritual?«

In meinem ganzen Leben hatte ich noch nie so viele Fragen gestellt wie an diesem einzigen Tag. Aber allmählich verlor ich meine Hemmungen. Keiner lachte mich aus, alle gaben bereitwillig Auskunft.

»Ein Mandala ist ein Sandbild, ein Hilfsmittel für die Meditation. Wenn man es betrachtet, gibt es einem gute Gedanken, bannt innerliche Verwirrungen und stärkt die Seele.«

Er blinzelte mir zu. Meditation war für mich ein Fremdwort, aber das spielte in diesem Moment keine Rolle. Ich erwiderte sein Lächeln.

»Ja. Ich komme gern.«

»Wir können zusammen fahren«, schlug Tenzin vor.

»Chimi wird mir den Kombi leihen.«

»Hast du einen Führerschein?«

»Seit vier Monaten.«

Losang Rimpoche schmunzelte.

»Keine Sorge! Tenzin steigt nicht auf fremde Kühler. Er ist ein besonnener Mensch.«

Er dachte dabei natürlich an Chimi. Wir lachten alle drei. »Also«, sagte er, »ich freue mich, wenn du kommst.«

Er ging und setzte sich zu Pema. Sie betrachtete ihn mit dem wohlgefälligen und gerührten Ausdruck einer liebevollen Mutter. Während ich die beiden anschaute, wurde ich plötzlich traurig. Ich würde niemals einen Menschen haben, der mir wirklich nahe stand. Doris hängte sich an Clemens. Und Paul liebte Barbara und würde bald ein Baby haben. Und wer liebte mich? Keiner.

»Ich bin froh, dass er dich eingeladen hat«, sagte Tenzin.

Mein Herz klopfte.

»Wie kommt er dazu?«

»Ich denke, er will dir etwas beibringen.«

»Ich bin doch unterbelichtet.«

»Das bildest du dir nur ein. Weil bisher nichts da war, was dich wirklich interessiert hat.«

Ich starrte ihn an, betroffen von seiner Klugheit.

»Woher weißt du das?«

»Einfach so. Du traust dir zu wenig zu, weil du mit dir selbst nicht zufrieden bist. Aber warte nur ab. Eines Tages bist du wie Chimi ... Nicht zu bremsen!«

Ich zog die Schultern hoch.

»Da können wir lange drauf warten. Ich bin viel zu cool ...«

»Chimi ist auch cool«, meinte Tenzin. »Und wie!«

Unsere Augen begegneten sich; ich spürte, wie ich innerlich zitterte, und wandte rasch den Blick ab. Er sollte nicht merken, wie aufgewühlt ich war. Das war eine ganz langsame Sache mit ihm, nicht der große Knall. Ich verstand mich mit Tenzin auf eine ganz neue Art, fast im Zeitlupentempo. Ich konnte mit ihm über alles reden, ohne Angst, dass er sich über mich lustig machte. Kein Händchenhalten, von einer Knutscherei ganz zu schweigen. Wir saßen einfach da, quatschten über alles Mögliche und fühlten uns wohl. Aber irgendwann würde ich mir wohl eingestehen müssen, dass ich in Tenzin verliebt war. Und er auch in mich, das stand ihm ja direkt im Gesicht geschrieben.

KAPITEL 8

Es war kurz vor zehn, als Chimi den Kombi vor unserem Hauseingang zum Stehen brachte. Ich verabschiedete mich schnell, denn Chimi stand im Halteverbot. Tenzin ging mit mir die paar Schritte zur Tür hinauf. Auf den Stufen knickte er leicht ein. Ich hörte ihn halblaut »Scheiße!« murmeln. Wir sagten uns gute Nacht und gaben uns die Hand, ein paar Sekunden länger als nötig. Zu mehr kam es nicht: Der Wagen stand gleich daneben, und die ganze Familie glotzte. Tenzin wartete, bis ich den Schlüssel gefunden und ins Schloss gesteckt hatte. Die Haustür öffnete sich. Ich wandte mich um, winkte und glitt hinein. In der Dunkelheit sah ich, wie Tenzin zum Auto ging. Ich drückte den Aufzugknopf, der Kombi brauste davon.

Aus der Wohnung klang Hardrockmusik, so laut, dass man sie im Treppenhaus hörte. Ich stieß die Tür auf; es stank nach Bratenfett, Tabak und Alkohol. Der Lärm warf mich fast um. Dass Erwachsene solche Musik gut fanden, wollte mir nicht in den Schädel. Die Wohnzimmertür war offen. Doris und Clemens saßen auf dem Sofa. Auf dem Tisch standen eine Flasche Likör und zwei Gläser. Dazu alle möglichen Chips, Erdnüsse und eine Pralinenschachtel. Clemens war in Jeans und T-Shirt. Meine Mutter trug ihren Morgenmantel und darunter nicht viel. Das machte mich wütend. Ich beförderte meine Schuhe mit einem Fußtritt durch den Gang.

»Lasst euch durch mich nicht stören!«

Doris nestelte hastig an ihrem Morgenmantel.

»Alice, sei doch nicht so! Wir machen es uns nur ein wenig gemütlich. Nach all der Arbeit, die wir heute hatten!«

Clemens hielt mir die Pralinenschachtel hin.

»Champagnertrüffel. Von mir gestiftet.«

Da konnte ich nicht widerstehen. Ich nahm einen Trüffel und steckte ihn in den Mund. Er zerging auf der Zunge. Wunderbar. Doris kaufte die höchstens mal zu Weihnachten. Mein Gesichtsausdruck muss wohl versöhnlich gewirkt haben, denn Clemens zeigte sein eigentümliches Lächeln.

»Na, wie war's bei der Fete?«

»Das war keine Fete«, sagte ich. »Sie haben Reden gehalten.«

»Worüber?«

»Über die Lage in Tibet.«

Clemens blies den Rauch steil in die Luft.

»Eine Art politische Versammlung also?«

»Nein, da trat auch eine Tanzgruppe auf. Mit Tiermasken.«

»Sehr interessant«, meinte Clemens. »Ein Märchenspiel, nehme ich an?«

»Ja … nein …«

Ich schielte auf die Trüffel.

»Kann ich noch einen haben?«

Doris machte »Ts, ts!«, und Clemens lachte.

»Nur zu. Bedien dich!«

Ich griff nach einem weißen Trüffel. Der war noch besser als der erste.

»Und was habt ihr sonst noch gemacht? Getanzt?«

Ich schüttelte den Kopf.

»Da waren noch ein paar Mönche. Einer war sehr nett. Der hat mich nach Rikon ins Kloster eingeladen.«

Clemens warf den Kopf in den Nacken, brach in schallendes Gelächter aus.

»Du willst doch wohl nicht Nonne werden?«

Aber meine Mutter sagte:

»In Rikon ist das Tibet-Institut, ein tibetisches Kloster. Der Ort ist ziemlich bekannt. Schaden kann es nicht, wenn Alice Kontakt zu Tibetern hat. Die Leute sind seriös, sie treiben keinen Unfug.«

Da hatte sie aber schnell ihre Meinung geändert. Ich hatte noch ihren Spruch in den Ohren: »Alice, du sollst nicht innerlich gespalten werden.« Offenbar machte es ihr jetzt nichts mehr aus, wenn ich in kleine Splitter zersprang. Solange sie ihre Ruhe hatte …

»Das stimmt eigentlich«, meinte Clemens dazu. »Asylbewerber machen sich oft unangenehm bemerkbar, aber von Tibetern hört man nie Negatives.« Er rauchte, nickte mir wohlwollend zu.

»Sind alle Tibeterinnen so hübsch wie du?«

Ich zuckte zusammen.

»Ich bin doch nicht hübsch!«

Seine Augen blitzten mich an.

»Fishing for compliments«, sagte er und grinste.

Wir redeten eine Weile belangloses Zeug. Ich nahm mir noch zwei Trüffel und ging schlafen. Morgen um halb acht war wieder Schule. Meine Mutter hatte die Musik leiser gestellt, aber sogar in meinem Zimmer roch es nach Tabak und Essen. Ich riss das Fenster weit auf. Jetzt wohnte Clemens also hier, Doris hatte ihren Dickschädel durchgesetzt. Hoffentlich heiratet sie ihn nicht, dachte ich, mit einem Kloß im Hals. Als Vater wollte ich diesen Typen um keinen Preis.

In der Nacht träumte ich von Tenzin, erlebte ihn so nahe, so lebendig und wirklich, dass mein Herz gegen die Rippen schlug. Am anderen Morgen wusste ich nicht mehr, wie der Traum genau gewesen war. Bloß, dass ich Sehnsucht nach ihm hatte.

In der Schule war es wie immer. Die Woche begann mit Mathematik und mit englischen Vokabeln. Nachmittags zwei Stunden Zeichnen. Am Dienstag ließ uns Frau Richter einen Aufsatz schreiben. Thema: »Ein besonderes Erlebnis«. Natürlich gurkten die meisten an der Sache herum. Ich nicht; mir fiel sofort etwas Gutes zu diesem Thema ein. So kam es, dass ich mir für den Aufsatz mehr Zeit als gewöhnlich nahm.

Am nächsten Morgen fiel ich aus allen Wolken: Aus Gründen, die mir nicht ganz klar waren, bezeichnete Frau Richter meine Arbeit als »bemerkenswert«. Ich musste nach vorne kommen und den Aufsatz vorlesen. Ich hatte nicht gedacht, dass Frau Richter so viel Aufhebens von der Sache machen würde, und stellte mich verlegen vor die Klasse. Kaum hatte ich den Titel meiner Arbeit vorgelesen, da krümmten sich sämtliche Mitschüler vor Lachen: »Begegnung mit einer Wiedergeburt«. Ich hätte am liebsten das ganze Zeug hingeschmissen, so peinlich war mir die Angelegenheit. Aber Frau Richter zuckte nicht mit der Wimper.

»Wer nicht zuhören will, kann draußen Fußball spielen. Mir ist das schnuppe. Aber wer am Ende ins Gymnasium kommt und wer nicht, das entscheide ich.«

Das Gelächter erstarb. Vielen Lehrern fehlte es an echter Autorität. Sie gaben auch keine klaren Antworten auf Fragen, die uns beschäftigten. Vermutlich, weil sie selbst keine hatten. Aber Frau Richter packte heiße Eisen an. Wir sprachen mit ihr über Krieg, Waffenarsenale und Atomwaffenversuche, über Umweltschäden, Subkulturen und Aids. Sie nahm sich viel Zeit, uns alles ganz genau zu erklären. Und sie war ziemlich konsequent. Das imponierte uns.

Jetzt muckste keiner mehr. Ich konnte meinen Aufsatz in Ruhe vorlesen. Nach einer Weile merkte ich, wie die anderen sich allmählich für die Sache interessierten. Ich berichtete von dem, was der Dalai-Lama geschrieben hatte; über Gewaltlosigkeit und Nächstenliebe und über die Unsicherheit und Angst unserer Feinde. Als ich fertig war, war es still im Klassenzimmer, bis Frau Richter das Schweigen brach. »Jeder von uns fühlt es in seinem Herzen, wenn er der Wahrheit begegnet. Autoritäre Klischees sind heute überholt, sie sind gefährlich. Gewaltlosigkeit, Mitgefühl und Gerechtigkeit sind die kommenden Werte. Der Glaube an die Möglichkeit und Kraft der Liebe muss an erster Stelle in unserem Bewusstsein stehen. Sonst hat die Menschheit keine Zukunft.«

Nach der Stunde hielt mich Frau Richter zurück.

»Alice, ich will den Tag nicht vor dem Abend loben, aber offenbar geht es mit dir bergauf. Deine Arbeit ist gut. Hervorragend sogar. Wie steht es mit dem Abitur? Willst du wirklich immer noch Verkäuferin werden?«

Ich ließ mein Haar in die Stirn fallen.

»Ich … ich weiß es nicht.«

Tatsächlich hatte ich das Gefühl, dass die Schule mir plötzlich viel mehr Spaß machte. Es musste mit Chimi und Tenzin zusammenhängen, mit meinen veränderten Gedanken und Gefühlen.

»Ich würde deinen Schulwechsel sehr unterstützen«, fuhr die Lehrerin fort. »Deine Mutter wird sicher meine Meinung teilen. Willst du nicht mit ihr darüber sprechen?«

Ich lächelte sie an.

»Ja«, sagte ich. »Ich glaube, das werde ich tun.«

Als ich nach Hause kam, war Clemens da. Sobald ich die Tür aufstieß, roch ich seinen Tabaksqualm, sein aufdringliches Rasierwasser. Seine Jacke hing am Kleiderhaken, seine Schuhe standen neben meinen. Der Fernseher lief.

»Bist du es, Alice?«, rief Clemens aus dem Wohnzimmer.

Ich stieß die Tür auf, blickte ihn mürrisch an.

»Stell doch den Ton leiser!«

Er lachte und tat, was ich sagte. Ich sah ihn wie durch einen dichten Nebel: einen blonden Mann auf unserem Sofa. Sein Haar glänzte, der Pulli war aus feiner Wolle, die Jeans hatten sicher eine Menge Geld gekostet. Vor ihm standen eine Flasche Rotwein, ein Glas und ein Aschenbecher.

»Komm und setz dich zu mir!«

Jetzt, wo Doris nicht dabei war, stieg in mir jene unsinnige, namenlose Angst eines Kindes auf, das man in der Dunkelheit alleine lässt. Das war natürlich idiotisch. Ich brauchte nur zu sagen, nein, ich habe zu tun, und in mein Zimmer verschwinden. Aber irgendwie wollte ich ihn nicht vor den Kopf stoßen, ich weiß nicht, weshalb. Also ließ ich mich am anderen Ende des Sofas nieder. Clemens nickte mir zu.

»Willst du etwas trinken? Eine Cola?«

»Die kann ich mir selber holen«, sagte ich, doch er war schon auf den Beinen. Er holte eine Dose aus dem Kühlschrank und brachte ein Glas mit. Freundlich lächelnd füllte er es. Als ob ich in meiner eigenen Wohnung zu Besuch wäre …

»Danke«, brummte ich. Er setzte sich wieder, etwas näher zu mir. Meine Kehle war trocken. Ich saß da wie ein eingeschüchterter Hase und trank meine Cola. Schließlich brach Clemens das Schweigen.

»Wie alt warst du eigentlich, als du adoptiert wurdest?«

»Keine Ahnung. Ungefähr achtzehn Monate, meinte der Kinderarzt.«

Clemens betrachtete mich, die Hände hinter dem Kopf verschränkt.

»Dann weißt du ja überhaupt nicht, wann du Geburtstag hast …!«

»Am 23. März. Das ist der Tag, an dem ich adoptiert wurde.«

»Du bist also ein Widder?«

»Von mir aus.«

Er nickte nachdenklich.

»Du siehst älter als fünfzehn aus.«

Ich nahm einen Schluck.

»Ach ja?«

»Eine richtige junge Dame bist du schon. Und du hast wunderschönes Haar.«

Er streckte die Hand aus und wollte es streicheln. Das hatte Paul oft getan, aber bei Clemens fühlte ich ein unangenehmes Kribbeln im Rückgrat und zuckte zusammen.

»Pfoten weg!«

Er ließ mich nicht aus den Augen.

»Weißt du was? Ich würde dich gerne mal filmen. Mit Video.«

»Stuss!«

Er lachte und bot mir eine Zigarette an. Ich verneinte mit dem Kopf und schwieg, während er sein Feuerzeug anknipste.

»Wie war's denn in der Schule?«, fragte er.

Ich dachte, wenn ich weiter dasitze und schmolle, wird die Stimmung nicht besser. Er gibt sich ja Mühe, nett zu sein. Aber an ihm ist irgendwas, was mich beunruhigt.

»Ach, ganz gut«, antwortete ich. Und um die Spannung ein wenig zu lösen, fügte ich hinzu:

»Meine Lehrerin hat gesagt, ich sollte Abitur machen.«

»Wirklich?«, rief er erfreut. »Das ist ja großartig!«

Mir wurde es plötzlich wärmer ums Herz. Ich hatte nicht gedacht, dass er so reagieren würde. Ich lächelte ihn an.

»Findest du?«

»Finde ich.«

Er stieß den Rauch durch die Nase und strich jetzt über mein Haar. Ich rückte behutsam von ihm weg.

»Wenn ich eine Tochter hätte wie dich«, sagte er, »wäre ich stolz auf sie.«

»Hast du auch das Gymnasium gemacht?«

»Ich war auf dem Lehrerseminar.«

Ich starrte ihn an.

»Das wusste ich ja gar nicht!«

Er zögerte, als ob er seine Worte zurücknehmen wollte. Stattdessen brach er in Lachen aus.

»Ich habe ein außergewöhnliches Leben gehabt, weißt du. Und verschiedene Berufe ausgeübt. Eine Zeit lang war ich Erzieher in einem Heim.«

»Warum hast du den Beruf gewechselt?«

»Die Schulglocke«, sagte er. »Ich konnte die Schulglocke nicht mehr ertragen. Sie wurde für mich zum Albtraum. Ich hörte sie sogar nachts, schlief im Stundenrhythmus und wachte alle fünfundvierzig Minuten auf.«

Ich prustete los. Das war wirklich zu komisch.

»Darum?«

Er nickte ernst.

»Nur darum.«

Ich brach erneut in Lachen aus, warf den Kopf zurück und rollte ihn auf der Sofalehne hin und her. Gerade in dem Moment schloss Doris die Wohnungstür auf, kam, mit Einkaufstüten bepackt, in den Flur.

»Darf ich mitlachen?«

Clemens stand sofort auf, nahm ihr die Taschen

ab. Ich wälzte mich auf dem Sofa und konnte vor Lachen kaum atmen.

»Stell dir vor, Doris! Clemens hat den Lehrerberuf aufgegeben, weil er die Schulglocke im Traum hörte!«

»Ist das wahr?« Sie lächelte Clemens an. »Das hast du mir nie erzählt.«

Er lächelte ebenfalls, bog ihren Kopf zurück und küsste sie. »Ich habe dir einiges verschwiegen, damit du nicht so schnell genug von mir hast.«

Sie strahlte ihn an.

»Spinner!«

Er trug die Taschen in die Küche und sagte, Doris solle jetzt eine Dusche nehmen, sich ausruhen. Wie fürsorglich er war!

»Komm, Alice! Wir beide kochen inzwischen Spaghetti.« Er setzte Wasser auf, schälte Knoblauch und Zwiebeln. Dann überbrühte er die Tomaten, damit ich sie besser häuten und in Würfel schneiden konnte. Beim Kochen plauderte er unbeschwert, erzählte mir lustige kleine Geschichten. Doch, ich konnte verstehen, dass Doris ihn mochte. Aber warum machte mich seine Gegenwart nervös? Vielleicht, weil er Pauls Stelle einnahm und sich an meine Mutter heranmachte? Nein, das kann es nicht sein, dachte ich – obwohl ich doch sehr verstört war. Clemens hatte eine merkwürdige Ausstrahlung, die mir nicht gefiel. Aber womöglich bildete ich mir das nur ein, wie so manches.

Er war gerade dabei, Butter in einem großen Topf zu zerlassen, als Doris mit nassem Haar aus der Dusche kam. Sie hatte Leggins und ein bequemes T-Shirt angezogen.

»Wunderbar, sich so verwöhnen zu lassen!«

Sie deckte den Tisch, zündete die Kerzen an. Zu mir sagte sie gereizt:

»Steh nicht da wie eine Mondsüchtige! Hast du nichts zu tun?«

»Ach, sie hat schon Tomaten geschält.«

Clemens gab die Spaghetti in eine vorgewärmte Schüssel, bestreute die Sauce mit gehackter Petersilie.

»Ich glaube, im Kühlschrank ist noch Parmesan«, sagte Doris.

Ein paar Minuten später saßen wir bei Tisch. Doris verteilte die Portionen. Das Essen duftete verlockend, der Salat war hübsch angerichtet, die Kerzen verbreiteten ihr sanftes Licht.

Clemens goss Rotwein ein. Er hatte eine zweite Flasche geöffnet. Ich wollte eine Cola, wie immer. Er zwinkerte mir zu.

»Alice bringt gute Neuigkeiten mit. Ihre Lehrerin möchte, dass sie aufs Gymnasium geht.«

Doris hob ruckartig den Kopf.

»Unsinn! Du willst doch bei Herrn Peter die Lehre machen. Seit wann braucht eine Verkäuferin Abitur?«

»Vielleicht habe ich es mir anders überlegt. Vielleicht will ich lieber studieren.«

Sie starrte mich irritiert an.

»Um Himmels willen, was denn?«

Ich zuckte mit den Schultern.

»Mir wird schon etwas einfallen.«

»Ausgezeichnet«, meinte Clemens.

»Lass dich bloß nicht von ihr umgarnen!«, rief Doris aufgebracht. »Was sie nicht alles schon werden wollte: Floristin, Apothekerin, Kindergärtnerin, Friseuse. Einmal dies, einmal das. Abitur machen? Studieren? Lächerlich! Ich werde mit der Lehrerin reden. Ihr klar machen, dass das bei Alice keinen Sinn hat.«

Die Hitze aus der Schüssel wärmte unsere Gesichter. Clemens machte das Fenster auf, ließ kühle Luft herein.

»Aber wenn sie doch begabt ist. Du kannst ihr doch nicht den Weg verbauen.«

»Begabt?« Doris hatte rote Flecken auf den Wangen. »Du kennst Alice nicht. Die führt niemals etwas zu Ende, was sie begonnen hat. Und ich will mein Geld nicht aus dem Fenster werfen, bloß damit das Fräulein noch für eine Weile auf der Schule bleiben kann.«

»Frau Richter hat gesagt …«

»Frau Richter kann mir gestohlen bleiben! Ich bin auch nicht auf die höhere Schule gegangen, obwohl ich das Zeug dazu gehabt hätte. Man kann es auch ohne Abitur zu etwas bringen.«

Clemens sah mich mitleidig an, legte mir den Arm um die Schultern. Ich spürte ihn nicht. Es war, als ob ich in einem luftleeren Raum saß.

»Nimm es nicht tragisch. Du hast ja noch Zeit, darüber nachzudenken.«

Ich fühlte wieder dieses Kribbeln, schüttelte Clemens' Arm ab und schrie:

»Da gibt es nichts nachzudenken. Ich will nicht mein Leben lang Radiergummis zählen!«

Doris fuhr sich mit dem Handrücken über ihre Stirn.

»Herrgott, bist du eine Nervensäge! Wenn ich das gewusst hätte ...«

»... hättest du mich nie adoptiert.«

Sie schmiss die Gabel auf den Teller, dass die Sauce aufspritzte.

»Alice! Das habe ich nie gesagt.«

Ich kam allmählich in Fahrt.

»Aber das denkst du doch, oder?«

»Wenn ich mir überlege, was ich alles für dich getan habe ...«

»Das war ja nur deine Pflicht.«

»Genug!«

Sie begann zu zittern. Wie immer, wenn sie erregt war, wurde ihre Stimme schrill.

»Halt den Mund, Alice! Halt jetzt augenblicklich den Mund, sonst ...«

Clemens sah mich ruhig an.

»Doris hat Recht, das ist nicht fair. Sie will ja nur das Beste für dich.«

Das Telefon klingelte. Doris schüttelte heftig den Kopf. »Ach, lasst mich doch in Ruhe!«

Clemens stand auf und nahm den Hörer ab; er wohnte ja jetzt hier, und das Gespräch konnte auch für ihn sein. Wir hörten ihn im Wohnzimmer reden.

»Ja? Guten Abend!«

Er sprach langsam, war etwas argwöhnisch.

»Wer sind Sie? Ich habe den Namen nicht verstanden. Ach so! Einen Augenblick.«

Er kam wieder, mit einem scharfen Zug um den Mund.

»Für dich«, sagte er zu mir. »Ein gewisser Tenzin.«

Ich schob meinen Stuhl zurück. Vor lauter Aufregung hatte ich weiche Knie. Hoffentlich sagt er nicht für Sonntag ab, dachte ich, während ich zum Telefon rannte.

»Können wir uns sehen?«, fragte er.

Mein Herz schlug mir bis zum Hals.

»Wann denn?«

»Jetzt gleich. Die Amla hat Besuch. Vier Frauen, die alle über ihre Männer schimpfen.« Tenzins weiches Lachen klang durch den Hörer. »Ich bin geflohen und sitze jetzt im *Domino.* Die haben gute Eisbecher. Hast du Lust?«

Schlagartig fielen alle Sorgen von mir ab. Ich war richtig glücklich.

»In zehn Minuten bin ich da.«

Meine Mutter stellte die Teller in die Spülmaschine und machte viel Lärm dabei.

»Gehst du noch weg?«

Ihre Stimme klang eisig.

»Ja, ins *Domino*.«

Clemens zündete sich eine Zigarette an und runzelte die Stirn.

»Ist das ein anständiges Lokal?«

Doris nahm zwei Tassen, stellte sie unter den Hahn der Espressomaschine.

»Das kann mir egal sein.«

Clemens holte sich den Aschenbecher aus dem Wohnzimmer.

»Du solltest vielleicht ein bisschen mehr darauf achten, mit wem sie sich trifft und in welchen Lokalen sie verkehrt.«

Ich starrte ihn an. Das darf doch nicht wahr sein,

dachte ich, der benimmt sich ja, als ob er mein Vater wäre. Ich hätte ihm am liebsten ins Gesicht gebrüllt, dass ihn das überhaupt nichts anging. Aber ich wollte es mir nicht auch noch mit ihm verderben. Krach mit allen beiden, das war zu viel. Ich hielt den Mund.

»Sei spätestens um zehn wieder da«, sagte Doris schroff.

Ich lief ins Badezimmer, wechselte das T-Shirt, das mit Tomatensauce befleckt war. Etwas dunkelroter Lippenstift stand mir gut. Ich warf einen Pulli um die Schultern und ging.

Im *Domino* herrschte das übliche Gedränge. Die Uni war ganz in der Nähe. Aber Tenzin hatte einen ruhigen Ecktisch erwischt. Er stand auf, seine Augen leuchteten. Das gewellte Haar fiel über seinen gebräunten Hals. Er wirkte so ruhig, so voller Selbstvertrauen. Ich setzte mich, etwas atemlos.

»Du bist ja schon da«, stellte er fest.

»Ich bin mit dem Fahrrad gekommen.«

Er deutete auf seinen Eisbecher.

»Himbeer, Mandarine und Kokosnuss mit Schokoladensauce. Willst du auch einen?«

»Großartig!«

Er rief die Bedienung und gab die Bestellung auf. Ein paar Sekunden vergingen. Wir sahen uns an. Plötzlich lächelten wir beide gleichzeitig. Ich brach das Schweigen.

»War es wirklich so schlimm, das mit dem Besuch?«

Er blinzelte verschmitzt.

»Ach, das war nur ein Vorwand. Die Wahrheit ist, dass ich dich sehen wollte.«

Ich spürte, wie ich rot wurde.

»Das sagst du nur so.«

Er schüttelte den Kopf.

»Ich konnte mich nicht mehr richtig konzentrieren. Vielleicht ist das immer so, wenn man ein Mädchen mag.«

Die Bedienung brachte den Eisbecher.

»Ein bisschen viel Sahne«, seufzte ich.

»Man kann nicht an ein Mädchen denken und gleichzeitig lernen«, fuhr Tenzin fort.

Ich wandte die Augen ab.

»Das geht mir auch so ... Wenn ich einen Jungen im Kopf habe.«

»Und jetzt?«, fragte er.

Ich spielte mit meinem Löffel. Er fiel auf den Boden. Ich hob ihn auf. Die Bedienung brachte einen neuen.

»Da kann man gar nichts machen«, sagte ich.

Er holte tief Luft.

»Als ich dich zum ersten Mal sah, da hatte ich Angst.«

Ich zerknüllte meine Papierserviette.

»Vor mir?«

Er schüttelte den Kopf.

»Nein, vor mir. Ich habe schon ein paar Freundinnen gehabt, aber ich hatte noch nie dieses starke Gefühl dabei. Und es hat mich auch nicht beim Lernen gestört. Aber seit einer Woche habe ich überhaupt nichts mehr getan. Und wenn ein Mädchen wichtiger wird ...« Er stockte, etwas verlegen. »Du bist nicht gerade redselig.«

»Wir können ja nicht zur gleichen Zeit reden.«

Daraufhin lachten wir beide und wurden im selben Atemzug wieder ernst.

»Hast du nicht auch dieses Gefühl gehabt?«, fragte er.

Ich nahm einen Löffel voller Schlagsahne.

»Doch. Aber bei mir war es das Gegenteil.«

»Wie?«

»Ich habe besser gearbeitet. Und weniger an meine Probleme gedacht.«

Ich zögerte. Er sagte:

»Komm, erzähl schon.«

»Also, das war so: Doris, meine Mutter, konnte keine eigenen Kinder haben. Sie hatte mit siebzehn abgetrieben. Ihre Eltern hatten sie dazu gezwungen. Ihr damaliger Freund nahm Drogen. Und weil sie das Ganze zuerst verheimlicht hatte, wurde der Eingriff zu spät vorgenommen. Irgendetwas ging schief. Ein paar Jahre später, als Doris dann verheiratet war, hatte sie drei Fehlgeburten hintereinander und wurde depressiv. Der Gedanke, ein Kind zu adoptieren, kam ihr in dieser Zeit. Und als ich endlich da war, ging es ihr sofort besser.«

Er nickte. »Ja, das kommt häufig vor.«

»Ich hatte Tuberkulose. Der Eiter floss mir aus den Ohren. Eine Zeit lang glaubte man sogar, dass ich das Gehör verlieren würde. Aber jetzt ist alles in Ordnung.«

Tenzin starrte finster vor sich hin.

»Dein Eis schmilzt«, stellte ich fest.

Er seufzte und sah auf.

»Mir ist der Appetit vergangen.«

»Mir auch. Zu viel Sahne, nicht wahr?«

»Erzähl weiter«, sagte er. »Und dann?«

»Eigentlich hatte ich eine glückliche Kindheit. Die Probleme begannen erst, als Paul, mein Vater, arbeitslos wurde. Er hatte immer das Gefühl, dass Doris nicht zu ihm hielt. Jetzt sind sie geschieden. Paul will seine neue Freundin heiraten, die ein Kind von ihm erwartet. Sie ist nett, weißt du. Und in vielen Dingen verständnisvoller als Doris. Ich sollte das vielleicht nicht sagen ...«, fügte ich unglücklich hinzu.

»Zu mir kannst du das ruhig sagen.«

Ich rieb mir die Schläfen.

»Verstehst du, Doris hat immer zu Paul gesagt, dass er nicht weiß, was er will. Sie machte ihm ständig Vorwürfe. Und mit mir macht sie das genauso. Ich will auf der Schule bleiben, Abitur machen. Doris sagt, das sei nicht nötig. Sie hat keine Lust mehr, für mich zu sorgen. Ich glaube, es hängt mit Clemens zusammen.«

»Clemens?«

»Das ist ihr neuer Freund, der jetzt bei uns wohnt. Sobald ich selber Geld verdiene, werde ich mir eine eigene Wohnung mieten und ausziehen. Dann hat sie ihren Clemens ganz für sich.«

Tenzin nickte.

»Ich verstehe.«

»Bisher hab ich mich nicht für die Schule interessiert, keine Spur. Ich war so richtig faul. Eine lahme Ente!«

»Ich auch, eine Zeit lang. Aber wenn man auf dem faulen Hintern sitzt, kommt man nicht weiter.«

»Das Komische dabei ist, dass Clemens mich bei der Sache mit dem Abitur unterstützt.«

»Magst du ihn nicht?«

Ich schüttelte heftig den Kopf.

»Der ist mir unheimlich. Ich habe keine Ahnung, warum. Aber seit er bei uns ist, kann ich nicht mehr ruhig schlafen.«

Tenzin runzelte die Stirn.

»Oft ist es gut, wenn wir unsere Gefühle beachten. Die sagen uns Dinge, die unser Verstand nicht wahrhaben will. Es hört sich vielleicht bescheuert an, aber du solltest nachts deine Zimmertür abschließen. Und was das Abitur betrifft … ich finde das gut, was du vorhast.«

»Weißt du schon, was du werden willst?«

»Jurist«, entgegnete er, ohne zu zögern. »Nur wenn man die Gesetze ganz genau kennt, kann man sie auch verändern.«

»Wie stellst du dir das vor?«

»Wer Politik macht, muss alle Tricks und Kniffe lernen. Ich will für unsere Exilregierung arbeiten. Noch sitzen die Chinesen am längeren Hebel. Das wird sich eines Tages ändern, und bestimmt nicht mit Gewalt. Denn Gewalt ist keine Methode, da würden wir nur den Kürzeren ziehen und uns auf die Stufe unserer Feinde stellen.«

Ich verschränkte fröstelnd die Arme.

»Ich finde Gewalt abscheulich«, sagte ich.

Er nickte vor sich hin.

»Ja, ich auch. Wir Tibeter haben einen Ausdruck, der ›Ahimsa‹ heißt: Schadlosigkeit. Sich schadlos zu verhalten bedeutet, alle Lebewesen zu respektieren, einschließlich der Tiere. Wirklich starke Menschen haben es nicht nötig, Gewalt auszuüben. Dadurch zeigen sie nur, dass sie schwach sind. Und was für Menschen gilt, gilt auch für ganze Nationen. Im Grunde genommen haben die Chinesen Angst. Nur deshalb versuchen sie uns auszurotten oder zu dezimieren. Aber die Verletzung von Menschenrechten bringt China wenig Sympathie ein. Und kein Staat kann sich einen schlechten Ruf leisten ... Darauf bauen wir.«

Ich schwieg befangen. Politik hatte mich nie interessiert. Dieser Junge hatte den totalen Durchblick, und ich saß da und konnte nicht mitreden. Selber schuld, dachte ich. Aber Schluss damit – was ich falsch gemacht hatte, wusste ich inzwischen. Jetzt hatte ich schon ein wenig Boden unter den Füßen.

Ich stopfte die letzten paar Löffel Himbeereis in mich hinein. Dann kratzte ich den Becher aus.

»Ich mache Abitur. Und wenn es meiner Mutter nicht passt, arbeite ich in den Ferien und knalle ihr Miete und Kostgeld auf den Tisch.«

Er kniff die Augen zusammen.

»Für eine lahme Ente bist du ganz schön auf Draht.«

Ich grinste und zitierte seinen Spruch:

»Wenn man auf dem faulen Hintern sitzt, kommt man nicht weiter.«

»Richtig. Das habe ich schon ziemlich früh festgestellt.«

Ich sah ihn neugierig an.

»Erzählst du mir, wie es bei dir war?«

Ein Schatten glitt über sein Gesicht. Er seufzte tief. Mir blieb direkt das Herz stehen.

»Irgendwann werde ich wohl darüber reden müssen.«

»Macht es dir etwas aus?«

Er rieb sich die Stirn.

»Ich weiß es nicht. Wir werden ja sehen.«

KAPITEL 9

Meine Mutter war richtig sauer auf mich; ich nahm an, dass ich sie sehr getroffen hatte. Also gut, vielleicht war ich unfair gewesen, aber ihre sture Art hatte mich herausgefordert. Sie spielte auch in den folgenden Tagen den Eisblock, behandelte mich wie Luft, antwortete nur einsilbig. Dafür war Clemens besonders nett zu mir. Ich war ganz schön überrascht, als er mir einen lila Lippenstift schenkte. »Zufällig kam ich an einer Parfümerie vorbei. Du magst doch ausgefallene Farben …?«

Die Farbe war traumhaft, die Marke exklusiv. Aber richtig freuen konnte ich mich nicht.

»Danke«, sagte ich spröde.

Er lachte jungenhaft.

»Nichts zu danken! Macht mir doch Spaß, dich zu verwöhnen.«

Er wollte, dass ich den Lippenstift sofort ausprobierte.

Dazu hatte ich keine Lust.

»Mit dem werde ich sparsam umgehen.«

Das klang glaubhaft. Irgendwie kam mir die Sache nicht geheuer vor.

Am Sonntag um zehn, wie abgemacht, wartete Tenzin mit dem Kombi vor unserer Haustür. Ich hatte hinter dem Küchenfenster gestanden und ihn kommen sehen. Clemens machte ein finsteres Gesicht. Als ob es ihm nicht passte, dass ich mit einem Jungen ausging.

»In ein Kloster …! Alice, ist das nicht eine billige Ausrede?«

Ich warf ihm einen wütenden Blick zu. Woher nahm er das Recht, mir Vorschriften zu machen?

»Na, und wenn schon?«

Doris kam im Morgenmantel aus dem Badezimmer. Ihr neues Parfüm duftete nach Mandarinen. Nicht übel. Komisch, dachte ich, Clemens schenkt mir Lippenstift, aber Doris muss sich ihr Parfüm selber kaufen. Der Gedanke tauchte auf und verschwand. Ich hatte anderes im Kopf.

»Sei gefälligst vor Mitternacht zu Hause«, sagte Doris.

Ihre ersten Worte nach dem Frühstück. Und kein Anflug von Lächeln dazu. Ihr kalter Gesichtsausdruck war beleidigend. Ich schaute weg, schlüpfte in meine Turnschuhe. Der Aufzug kam viel zu langsam; ich lief zu Fuß die vier Stockwerke hinunter. Es war, als ob ich Flügel unter den Füßen hätte. Tenzin streckte den Arm aus, öffnete die Beifahrertür. Atemlos kletterte ich neben ihm auf den Sitz.

»Wo ist Chimi?«

»Sie hat eine Versammlung. Ihre Frauenorganisation, du weißt schon. Es geht um die Konferenz in Peking. Die Sache kann brenzlig werden. Chimi hat inzwischen an den Bundesrat geschrieben.«

Ich hatte im Fernsehen darüber gehört, fühlte mich aber nicht in der Lage, einen Kommentar abzugeben.

»Und die Amla?«

»Die kann auch nicht kommen. Eine Freundin ist krank, und sie macht ihr den Haushalt. Du musst dich schon mit mir begnügen.«

Er sah mir direkt in die Augen.

»Enttäuscht?«

Ich ließ mein Haar nach vorn fallen.

»Nicht unbedingt.«

Er lachte leise und drehte den Zündschlüssel. Der Wagen setzte sich in Bewegung. Tenzin fuhr sehr vorsichtig, hielt Abstand, beachtete gewissenhaft jedes Stoppsignal.

»Menschenskind!«, entfuhr es mir. »Chimi fährt wie ein Rennfahrer und du wie eine Oma!«

Er grinste.

»Das ist Chimis Wagen, und wenn ich den zu Schrott fahre, muss ich den Schaden zahlen. Da spare ich mein Taschengeld lieber für Besseres auf ...«

Wir fuhren durch einen Tunnel in Richtung Winterthur. Sonntagmorgen war auf der Autobahn nur wenig Verkehr. Nach Winterthur wurde die Straße steiler, wand sich in vielen Kurven hoch. Die fernen Berge und die Felder waren sonnenbeschienen, hier und da von Wolkenschatten verdunkelt. Das gedämpfte Licht unter den Bäumen wirkte grünlich. Schwärme kleiner Vögel flatterten über die Wiesen.

»Gehst du oft nach Rikon?«, fragte ich Tenzin.

Er schüttelte den Kopf.

»Nicht sehr oft. Nur an tibetischen Feiertagen oder am Geburtstag des Dalai-Lama. Oder wenn berühmte Lehrmeister kommen.«

Das klang nicht gerade interessant für mich. Von Lehrern hatte ich die Nase voll. Ich seufzte.

»Ich hab ja keine Ahnung von dem Zeug.«

»Wenn es dir zu langweilig wird, gehen wir«, versprach Tenzin.

Ich lehnte mich zurück. Langweilig? Wer weiß ... Irgendetwas erwartete mich hier oben; ich spürte es, wusste aber nicht genau, was es war. Es war groß, vielleicht sogar heilig, und dabei vollkommen natürlich. Die Gewissheit darüber ließ mich die Dinge anders fühlen als sonst. Und gleichzeitig empfand ich auch eine leise, unvorhergesehene Furcht, wie sie jeder größeren Veränderung vorangeht. Heute war ein ganz besonderer Tag.

»Ist es noch weit?«, fragte ich.

»Da sind wir schon!«

Auf der rechten Straßenseite, zwischen den Bäumen, erschien ein großes Gebäude. Es war in den Hang gebaut und wirkte klotzig.

»Das Kloster ist, wie alle tibetischen Häuser, nach Süden ausgerichtet«, erklärte mir Tenzin. »Jeder Mönchsschüler hat seine Zelle. Gästezimmer sind auch da.«

Vor dem Institut stand bereits eine lange Reihe von Autos. Wir mussten ziemlich weit fahren, bis wir eine Parklücke fanden. Tenzin stellte den Motor ab, wir stiegen aus und gingen den Weg zurück. Andere Autos kamen, Wagentüren schlugen zu, Besucher liefen über die Straße. Die meisten von ihnen waren Tibeter, in ihre Tracht gekleidet. Einige ältere Frauen und Männer hatten einen Rosenkranz um ihr Handgelenk geschlungen und ließen eine kupferne Büchse um einen Stab kreisen.

»Gebetsmühlen«, sagte Tenzin.

»Noch nie gesehen. Was macht man damit?«

»Jede Drehung hält Buddhas Lehre in Bewegung. Und der Rosenkranz hat hundertacht Perlen. Das ist eine heilige Zahl.«

Unter den Gästen befanden sich auch Europäer. Keine Schaulustigen, sondern freundliche, stille Leute, die genau zu wissen schienen, was sie hier suchten.

»Gibt es viele europäische Buddhisten?«, fragte ich überrascht.

Tenzin lächelte versonnen.

»Nun, in der heutigen Zeit stellen einige vernünftige Menschen die richtigen Fragen. Vielleicht haben sie die falschen Antworten satt«, fügte er hinzu, ohne dass ich daraus klug wurde.

Zwischen den Bäumen und Sträuchern kam das Gebäude am grasbewachsenen Steilhang zum Vorschein.

»Das Institut«, sagte Tenzin, »wurde von einem Schweizer gestiftet, Heinrich Kuhn-Ziegler. Er starb 1969. Zuerst hatte er nur ein Haus für die Flüchtlinge zur Verfügung gestellt. Dann begann er, sich für unsere Glaubenswelt zu interessieren, und beschloss, für die Tibeter im Exil und auch für die Menschen hier im Westen einen Ort zu schaffen, wo sich beide Kulturen begegnen können. Heute wird das Kloster von einem Stiftungsrat geleitet.«

Das wuchtige Gebäude wirkte modern und zugleich zeitlos. Die Fenster waren tief in die Fassade eingelassen, und die Mauern des obersten Stockwerkes waren in kräftigem Braunrot gehalten. Eine Art vergoldetes Türmchen, aus zwei glockenförmigen Aufbauten gebildet, überragte das Dach.

»Was ist das?«, wollte ich wissen.

»Ein Tschörten – ein Reliquienschrein«, antwortete Tenzin. »Er enthält heilige Texte und ist ein Sinnbild für die fünf Elemente.«

Über dem Eingang des Klosters ragte ein zweites goldenes Symbol: Ein Relief, das ein Rad darstellte, mit acht Speichen. Flankiert wurde das Rad von zwei niedergekauerten Gazellen. In den Dachfirst war eine tibetische Inschrift eingraviert.

»Tscho Khor gön«, las Tenzin halblaut vor. »Kloster zum Rad der Lehre.«

»Was soll das heißen?«

»Die Legende sagt, dass Buddha seine erste Rede im Gazellenhain gehalten hat. Die acht Radspeichen entsprechen dem ›achtfachen Weg der Erleuchtung‹.«

»Dabei sieht das alles so aus, als wäre es nur Zierde.«

»Nein – es ist wie in einer christlichen Kirche. Die ist ja auch voller Symbole«, meinte Tenzin. »Man muss nur ihre Bedeutung kennen.«

»Stimmt.«

Lass dir Zeit, sagte ich zu mir selbst, sonst schmeißt du alles durcheinander.

Wir betraten das Institut durch eine Halle, die – wie mir Tenzin erklärte – als Unterrichtsraum diente. Die Wände waren aus unverputztem Ziegelstein, die

Decken aus Beton. Ein großer hölzerner Tisch und viele Stühle standen da.

Rundherum befanden sich die Zellen des Abtes und die der Mönche, daneben die Küche und der Essraum. Die Bibliothek war unter dem Dach, der Kultraum im Untergeschoss. Der Strom der Besucher riss uns mit sich, die Steinstufen abwärts. Wir kamen nur langsam vorwärts. Ältere Menschen oder Mönche ließ man respektvoll vorbei. Die Tibeterinnen ordneten ihre Spangen im Haar, rafften lachend die Falten ihrer langen Röcke. Kinder drängten sich zwischen den Erwachsenen durch, und natürlich waren auch wieder einige kleine Hunde da. Der Kultraum war groß, und doch viel zu klein für die Zahl der Besucher. Die Gläubigen saßen auf dem Boden oder standen. Es duftete nach Weihrauch und Tee. Der Altarschrein an der hinteren Wand des Raumes war mit Blumen und Brokatstoffen geschmückt. Butterlampen brannten.

»Wir haben ein Sprichwort«, flüsterte Tenzin mir zu und deutete dabei auf die Lampen. »›Das Feuer hüten, nicht die Asche bewahren.‹ Das bedeutet, dass wir unseren Glauben lebendig erhalten sollen. Auch im Exil.«

Ich nickte wortlos. Fragen stellte ich kaum noch. All die neuen Eindrücke hier waren viel zu außergewöhnlich. Hinter dem Altar hingen Bilder in leuchtenden Farben. Unter einer vergoldeten Buddhastatue befand sich ein großer, mit weißen Seidenstoffen verhängter Stuhl, auf dem eine Fotografie des Dalai-Lama stand.

»Nur der Dalai-Lama darf auf diesem Stuhl sitzen«, sagte Tenzin. »Das Foto symbolisiert seine Anwesenheit.«

Auf einem Podest knieten Lamas, buddhistische Mönche in gelben Roben, die einen scharlachroten Überwurf trugen. Unter ihnen erkannte ich Losang Rimpoche. Jeder von den Mönchen hatte einen kleinen Holztisch mit verschiedenen Schalen, Glocken und Kultgegenständen vor sich stehen. Vor dem Altar befand sich ein größerer Tisch, um den vier jugendliche Mönche versammelt waren. Sie waren mit etwas beschäftigt, was ich aus der Entfernung nicht erkennen konnte. Der rundliche, sehr freundlich wirkende Abt hielt eine Rede. Die Stimmung war gelöst. Alle Anwesenden hörten zu, in heiterer Aufmerksamkeit. Die Kinder tobten nicht herum oder schrien, wie Kinder es sonst zu tun pflegen, sondern saßen still am Boden oder flüsterten miteinander.

»Wovon redet er?«, wollte ich wissen.

»Vom Frieden – den ersten Frieden schließt der Mensch mit sich selbst. Der zweite wird unter den Völkern geschlossen. Aber der zweite kann nicht sein, wenn der erste nicht ist. Wie kann der Weltfrieden entstehen, fragt der Abt, solange unsere eigene Seele ein Schlachtfeld ist?«

»Was will er damit sagen?«, fragte ich Tenzin.

»Dass wir die negativen Gefühle in uns beherrschen müssen. Denn die Angst, die uns plagt, sitzt in unserem eigenen Herzen, und nicht in der Hand unserer Feinde. Und der Übeltäter kann kein Unrecht tun ohne den verborgenen Willen von uns allen.«

Ich stöhnte leise.

»Er meint also, dass man die Welt nicht ändern kann, bevor man sich nicht selbst geändert hat?«

»Tja, so ungefähr.«

Der Lama hatte seine Rede beendet; er verneigte sich vor dem Altar. Die anderen Geistlichen verneigten sich ebenfalls. Nun entstand Unruhe im Saal. Dicht drängten sich die Besucher um den Tisch, an dem die vier Mönche arbeiteten. Manche stellten sich auf die Zehenspitzen, um besser sehen zu können. Ich warf Tenzin einen fragenden Blick zu. Er antwortete mit einem Kopfnicken, schob mich vorwärts, so gut es ging. Es dauerte eine ganze Weile, bis ich sehen konnte, was da vor sich ging. Die Mönche verrichteten eine ganz erstaunliche Arbeit. Sie hatten kleine Röhrchen in der Hand, die feinkörnigen bunten Sand enthielten. Mit einem winzigen Holzstab fuhren sie sachte über die geriffelte Oberseite der Röhrchen, sodass der Sand in einem feinen Strahl herausrieselte. Auf diese seltsame Art schufen die Mönche ein farbenreiches, geheimnisvolles Muster aus buntem Sand, in sich präzise abgegrenzt und von atemberaubender Schönheit, einer traumhaften Stickerei ähnlich.

»Was ist das, Tenzin?«, flüsterte ich.

»Ein Mandala. Das Abbild des Universums. Siehst du den weißen Wirbel in seiner Mitte? Er sendet Energiewellen aus, wie ein Stein, der ins Wasser fällt.«

Ich hielt den Atem an und nickte. Ich hätte schwören können, dass sich der Wirbel bewegte.

»Er zeigt den Kern der Schöpfung und zugleich

unser eigenes Bewusstsein. Was in der Mitte entsteht, dehnt sich aus. In unserer Seele wie auch im Universum.«

Die Betrachtung des Mandalas nahm mich völlig gefangen. Es war wie ein Wunder. Ich erlebte ein Glücksgefühl, wie ich es nie zuvor empfunden hatte.

»Oh, Tenzin, das ist ja fantastisch!«

Er nickte.

»Eigentlich ist dieses Mandala nur eine Übung zur Meditation. Ein wirklich bedeutendes Mandala, wie das berühmte Kala-Tschakra-Mandala, braucht sieben Tage, bis es fertig ist. Das Grundmuster fertigt der Dalai-Lama an, indem er den Umriss und die Innenlinien mit seiner ›Schnur der Weisheit‹ zieht. Zum Schluss wird das Mandala mit Gerstenkörnern, den Sinnbildern des Lebens, ausgefüllt.«

»Und dann?«

»Dann wird das Mandala zerstört«, antwortete eine lustige Stimme in meinem Rücken. Ich wandte mich um und sah Losang Rimpoche in seiner safrangelben Mönchsrobe hinter mir stehen. Seine dunkelbraunen Augen blinzelten verschmitzt. Sofort stellte sich bei mir ein Gefühl der Freude ein.

»Aber warum denn?«, rief ich. »Das ist doch schade!«

»Alle Dinge dieser Welt, auch die schönsten, vergehen«, erwiderte er vergnügt. »Ein Mandala kann in uns auf verschiedene Weise wirken. Es ist letztendlich immer das, was wir in ihm sehen wollen. Und sobald seine Aufgabe erfüllt ist, brauchen wir es nicht mehr.«

Ich konnte es nicht glauben.

»Diese ganze Mühe – und dann wird es einfach zerstört ...?«

Die fein geschnittenen Züge des Rimpoche zuckten vor Heiterkeit.

»Vielleicht denkst du jetzt, dass das keinen Sinn ergibt. Aber irgendwann wirst du merken, dass doch ein Sinn darin steckt.«

Er winkte mir lächelnd zu und ging. Hinter uns drängten sich immer mehr Menschen; andere Besucher wollten das Kunstwerk auch sehen. Wir überließen ihnen den Platz. Die Türen des Kultraumes standen weit offen. Eine Terrasse führte nach draußen, in den Garten. An einer langen Leine flatterten bunte Gebetsfahnen. Der ganze Ort strahlte Besinnlichkeit und Harmonie aus.

»Ich bin ziemlich durcheinander«, seufzte ich.

Tenzin lächelte mich an.

»Warum?«

»Ich kann es nicht erklären. Ich habe so ein komisches Gefühl. Als ob ich heulen könnte. Oder singen und tanzen, oder alles zusammen.«

Er wurde plötzlich ernst.

»Ja, ich verstehe. Das ist die Kraft des Mandalas. Sie wirkt in dir, und du merkst es.«

»Ich habe ein bisschen Angst.«

Er zeigte keine Überraschung.

»Ja, das kommt vor.«

»Hast du das auch schon erlebt?«

Er schüttelte den Kopf.

»Nicht auf diese Weise. Ich war noch ein Kind, als ich das alles zum ersten Mal sah. Kinder haben keine Angst vor solchen Dingen. Sie finden sie interessant.«

Ich schnitt eine Grimasse.

»Ich auch. Aber Angst habe ich trotzdem.«

»Weil du einen leeren Magen hast.«

Die unerwartete Bemerkung brachte mich zum Lachen.

»Wie kommst du darauf?«

Tenzin lachte auch.

»Ganz einfach, weil wir etwas essen sollten. Los, komm!«

Im Speiseraum roch es nach Gebratenem. Die Besucher des Klosters und einige Mönche standen mit Tabletts an und holten sich das Essen. Es gab eine Art gesalzenen Gerstenbrei, mit Tee angemacht. Wer wollte, konnte auch Nudeln haben. Dazu wurden gefüllte Krapfen und verschiedene Gemüse gereicht, manche davon waren stark gewürzt. Bei Tisch kamen wir mit zwei jungen Mönchen ins Gespräch. Die Unterhaltung war zwanglos und heiter. Die Mönche waren durchaus nicht weltabgewandt, sie kannten sich sogar mit Computern und Faxgeräten bestens aus. Mir fiel auf, wie oft und herzlich sie lachten. Bei uns in der Schule wurde wenig gelacht. Die meisten setzten eine möglichst saure Miene auf, um zu zeigen, dass sie den Durchblick hatten. Den Durchblick?, dachte ich. Die sind ja alle blind – blind wie Maulwürfe!

»Und das Schlimme ist, sie wissen von nichts, diese Klugscheißer«, sagte ich zu Tenzin.

Er grinste.

»Ach, die tragen doch alle nur Masken. Und irgendwie ist das wahrscheinlich auch praktischer für sie.«

»Praktischer?«

»Zu leben, ohne sich den Kopf zu zerbrechen, kann sehr bequem sein. Aber jeder Mensch hat die freie Wahl.«

»Ob er sich Gedanken über etwas macht oder nicht?«

»Ja, so ungefähr.«

»Ich mache mir lieber Gedanken!«

»Das hat auch seine Nachteile«, meinte er. »Man muss sich dabei ein dickes Fell zulegen.«

»Macht mir nichts aus.«

Nach dem Essen kam Losang Rimpoche und fragte mich, ob ich seine Zelle sehen wollte. Was gibt es denn da schon zu sehen?, dachte ich. Der wohnt bestimmt in kargen vier Wänden und schläft auf einer Pritsche. Aber damit lag ich völlig falsch: Die Zelle war farbenfroh und gemütlich. In dem großen Bücherregal hing eine zusammenklappbare Schreibtischplatte, auf der ein Computer stand. Auf dem kleinen Altar schimmerte eine vergoldete Buddhastatue, daneben baumelte ein Rosenkranz. Ein Foto vom Dalai-Lama hing an der Wand. Auf dem Bett lagen eine bunte Tagesdecke und seidene Kissen. Von einem kleinen Stehbalkon aus konnte man weit über Wälder und Hügel hinausschauen. Es duftete nach Sandelholz und Weihrauch.

»Hübsch ist es hier«, stellte ich fest.

Losangs Augen funkelten.

»Warum auf harten Brettern meditieren, wenn man auf einer Matratze bequemer sitzt?«

Ich lachte; er lachte auch und sah in diesem Moment kaum älter aus als Tenzin.

»Was machen Sie eigentlich den ganzen Tag?«, fragte ich.

»Nur meditieren?«

Er prustete los.

»Schön wäre es! Leider haben wir andere Pflichten. Unser Tag beginnt um sieben Uhr – später als in einem christlichen Kloster. Nach dem Frühstück studieren wir die heiligen Schriften, befassen uns mit Übersetzungen oder mit wissenschaftlichen Arbeiten. Dazu kommt bei mir noch der ganze Verwaltungskram. Nachmittags kümmern wir uns um die Ausbildung unserer Landsleute. Wir sind nicht in Klausur wie die christlichen Mönche, sondern wir machen Besuche bei Familien, die unseren Rat brauchen, unterrichten Kinder und Jugendliche an ihren Wohnorten. Und natürlich findet an jedem tibetisch-buddhistischen Feiertag ein ›Puja‹, ein öffentliches Gebet, statt.«

»Gibt es auch Nonnenklöster?«

»Selbstverständlich. Aber es ist tatsächlich so, dass mehr Männer als Frauen die Berufung fühlen. Wahrscheinlich, weil die Frauen – klug, wie sie sind – es vorziehen, weniger sturen Beschäftigungen nachzugehen. Aber jeder Mensch kann Buddhas achtfachem Weg folgen, auch du.«

In seinen Augen sah ich ein leises Funkeln. Ob er sich über mich lustig machte? Doch er fuhr fort:

»Wenn man vom achtfachen Weg spricht, klingt das natürlich hochgestochen. Dabei handelt es sich nur um acht ganz einfache Lebensregeln, so vernünftig und logisch, dass sogar ein Kind sie versteht: rechte Einsicht, rechter Entschluss, rechte Sprache, rechtes Handeln, rechte Lebensweise, rechtes Ziel, rechte Aufmerksamkeit und rechte Erkenntnis. Das ist nicht schwierig, nicht wahr?«, fügte er schmunzelnd hinzu.

Ich dachte über die Sache nach.

»Das hört sich einfach an, ist aber in Wirklichkeit ziemlich kompliziert, finde ich.«

Er schüttelte sich vor Lachen. Ich staunte immer wieder, wie nahe Besonnenheit und Übermut in seinem Wesen beieinander lagen.

»Bravo, Alice! Du bist schon auf dem Weg, auf dem zur rechten Einsicht!«

Am Nachmittag fand der zweite Teil der Zeremonie statt. Zum letzten Mal versammelten sich Mönche und Gäste um das Mandala. Dann war es so weit: mit einem Pinsel strichen die Mönche das farbige Pulver behutsam zusammen, hoben es mit ihren Handflächen auf und füllten es in eine silberne Vase. Ich sah, wie die Farben sich vermischten, wie das Muster sich auflöste, und empfand eine seltsame Wehmut dabei. Still und froh betrachtete die Menge den Ablauf der rituellen Handlung. Nun wurde die Vase mit bunten Brokattüchern umwickelt und mit Blumen geschmückt. Die Lamas reihten sich zu einer Prozession. Sie gingen über die Terrasse in den Garten, bis zu dem kleinen Fluss Töss, der unweit von dem Grundstück zwischen den Büschen dahinfließt. Ein paar Holzstufen führten zu dem Wasser. Unaufhörlich Gebete vor sich hinmurmelnd, befreiten die Lamas die silberne Vase aus den Stoffen und neigten sie über die Strömung. Der feine Sand rieselte in das dunkle Wasser. Farbige Kreise und Schnörkel bildeten ein letztes, natürliches Mandala, das sich mit den leicht plätschernden Wellen vermischte. Tenzin stand schweigend dicht neben mir. Ich hatte noch nie erlebt, dass ein anderer Mensch meine Empfindungen teilen konnte. Es war ein wunderschönes, beruhigendes Gefühl. Als stünde ein zweites Ich neben mir, eine vertraute Gestalt, herausgelöst aus mir selbst.

Das Ritual war abgeschlossen. Die Lamas zerstreuten sich. Nach und nach verließen die Gäste das Kloster und fuhren ab. Man konnte zusehen, wie sich ihre Wagen zwischen den Bäumen entfernten. Bevor wir uns auf den Weg machten, suchten wir Losang Rimpoche auf, um uns zu verabschieden.

»Nun«, fragte er in seiner fröhlichen Art, »wie hat dir das Fest gefallen?«

Ich wollte keine belanglose Antwort geben.

»Ich bin froh, dass ich gekommen bin. Auch wenn ich nur die Hälfte verstanden habe.«

Er nickte mit zufriedener Miene.

»Du machst schnelle Fortschritte.«

KAPITEL 10

Die Sonne sank; das Laub funkelte golden. Auf der anderen Seite des Tals grasten verstreut Schafe. Tenzin und ich gingen die Straße hinauf, bis zum Wagen. Er ließ den Motor an, wendete und fuhr talabwärts. Wir schwiegen beide. Die Stille war friedlich, eine kleine Atempause, in der ich meine Gedanken sammelte und dann wieder ziellos umherwandern ließ. Tenzin nahm sich Zeit, fuhr langsam. Die Sonne schoss glühende Pfeile durch das Buschwerk, und die Bäume warfen lange Schatten.

»Müde?« Tenzin brach nach einer Weile das Schweigen.

Ich seufzte.

»Nein, nicht müde. Ein wenig benommen. Und du?«

»Traurig«, sagte er.

Ich warf ihm einen Blick zu; sein Gesicht wirkte seltsam starr. Ich spürte, dass er einen Kummer in sich trug, von dem ich nichts wusste, außer, dass er nicht mich betraf. Worüber dachte er nach? Ich wollte keine Fragen stellen, obwohl ich neugierig war. Ich war ein Stück weit erwachsener geworden, an diesem einzigen Nachmittag. Irgendwie hatte es in mir einen Zeitschub gegeben.

»Traurig?«, wiederholte ich. »Das war ich vorhin auch.

Jetzt bin ich's nicht mehr.«

Er nickte; nach einer Kurve fuhr er an den Straßenrand und hielt den Wagen an.

»Wollen wir einen Spaziergang machen?«

Wir stiegen aus, schlugen die Wagentür zu. Es war kühler geworden. Ich knotete meinen Pulli um die Schultern. Ein kleiner Weg führte abwärts, in den Wald hinein. Die Luft war feucht, roch nach Erde und Harz. Ich ging voraus, tastete mit den Füßen das Gelände ab, damit Tenzin nicht über Wurzeln stolperte, und hielt für ihn die Zweige fest. Die Schatten um uns herum waren von unterschiedlicher Dichte. Unter den Büschen floss die Töss. Das Wasser murmelte und gluckste. Wir stiegen die Böschung hinab. Mücken tanzten im flirrenden Abendlicht. Am Ufer lagen ein paar Baumstämme; wir setzten uns. Ich sagte:

»Vielleicht fließt hier gerade der bunte Sand vorbei.«

Ich lächelte Tenzin an; er lächelte auch, aber so, als ob seine Gedanken ganz woanders wären. Ich deutete auf sein Knie.

»Tut es weh?«

Er nickte.

»Vielleicht muss ich bald operiert werden.«

Ich erschrak.

»Ist es schlimmer geworden?«

»Auf alle Fälle nicht besser. Der Arzt hat damals gesagt, vielleicht kräftigt sich das Knie im Wachstum. Wenn nicht, müssen wir noch einmal operieren.«

»Was ist dir denn eigentlich passiert?«

»Meine Mutter und ich wurden auf der Flucht von chinesischen Soldaten niedergeschossen. Meine Mutter starb auf der Stelle. Ich wurde verletzt. Die Kniesehne ist beschädigt. Eine Zeit lang glaubte man, dass ich nie wieder richtig gehen könnte.«

Ein Schweigen folgte; und in diesem Schweigen schlang er beide Arme um mich. Ein paar Atemzüge lang saß ich da wie versteinert. Dann bewegte ich die Lippen über seine Stirn, über seine Augenlider. Er sagte nichts, hielt die Augen geschlossen. Als mein Mund sich auf seinen legte, zuckte er kurz zusammen. Wir küssten uns, ich fühlte sein Herz schlagen, heftig, fast schmerzhaft. Dieser Kuss war ganz anders als die Küsse von anderen Jungen; ein Gefühl wie Samt, einfach unbeschreiblich. Beinahe musste ich weinen darüber, und gleichzeitig war ich glücklich wie noch nie.

Nach einer Weile lösten wir uns voneinander und sahen uns an.

Ich sagte:

»Erzählst du mir von dir?«

Er schwieg.

»Sag nichts, wenn du nicht willst«, fügte ich schnell hinzu. Er streckte sich und presste meine Hand.

»Doch, ich will es. Du sollst endlich Bescheid wissen. Aber … Macht es dir auch nichts aus, ein paar schlimme Dinge zu hören?«

Ich schüttelte wortlos den Kopf. Er holte tief Luft.

»Eigentlich sind wir Tibeter sonderbar. Wir lachen viel, zeigen nicht gerne unsere Tränen. Im Mittelpunkt unseres Lebens steht die Familie. Sie bildet eine Zelle, in der wir uns geborgen fühlen. Wie du weißt, wohnten früher bei uns mehrere Generationen von Menschen unter einem Dach. Nach tibetischer Tradition gehörten auch Tanten, Onkel und Neffen dazu. Das ist heute vorbei, die Wohnungen sind viel zu klein. Aber wir finden es nach wie vor ganz natürlich, mit unseren Eltern oder Großeltern zusammenzuleben.«

»Gibt es da nicht oft Krach?«

»Natürlich, manchmal schon. Aber man nimmt Rücksicht aufeinander. Dann funktioniert es.«

»Das ist hier im Westen ganz anders«, sagte ich.

Er nickte und fuhr fort:

»Mein Großvater Jigme Sherap war einer der ersten tibetischen Ärzte, die in Europa studiert hatten, er war in London gewesen. Beim Ausbruch des Zweiten Weltkrieges kehrte er nach Lhasa zurück, wo er eine Praxis nach westlicher Art eröffnete. Meine Großmutter – du kennst sie ja – verwaltete damals die Güter, die sie selbst als älteste Tochter beim Tod ihrer Eltern geerbt hatte. Sie verbrachte viele Tage zu Pferd, um die Herden zu überwachen, um die Ernte in Form von Getreide oder Wolle einzuholen. Sie kaufte moderne Pflüge und ließ Brunnen graben. Und auch als sie meinen Großvater heiratete, einen großen Haushalt führte und fünf Kinder gebar – von denen nur drei am Leben blieben –, stellte sie niemals einen Verwalter ein. Sie sorgte aber dafür, dass ihre Kinder, wenn sie das Zeug dazu hatten, eine Schule besuchten.«

»Mich hat sofort beeindruckt, wie selbstbewusst sie wirkt.

Wie alt ist sie eigentlich?«

»Schon über siebzig. Hast du gesehen? Sie hat noch kaum graue Haare. Und als sie als Flüchtling in die Schweiz kam, hat sie so lange am Fließband gearbeitet, bis ihre Töchter einen eigenen Beruf hatten. Sie war viel zu klug, um sich zu beklagen. Sie entstammt einer Familie, in der es nur Töchter gab. Daher wurde ihr Bräutigam – mein Großvater also – von ihrer Sippe adoptiert. Auf diese Weise konnte verhindert werden, dass die Familie ausstarb, denn die Kinder bekamen den Namen der Mutter. Amlas jüngste Töchter Dolma, meine Mutter, kam drei Jahre vor dem Einmarsch der Chinesen zur Welt.«

»Was hatten die Chinesen denn in Tibet zu suchen?«

»Das ist eine lange Geschichte. Die Chinesen sprechen von Tibet als einem Teil ihres ›Mutterlandes‹, was überhaupt nicht stimmt. Nur zweimal in den zweitausend Jahren unserer Geschichte ist unser Volk unter Fremdherrschaft geraten: Im 13. Jahrhundert kamen die Mongolen und im 17. Jahrhundert die Mandschu. Beide Besatzungsmächte blieben nur kurz in Tibet und hinterließen kaum Spuren in unserer Kultur. Am 1. Oktober 1949 rief Mao Zedong die Volksrepublik China aus. Ein Jahr danach fielen dreißigtausend kampferprobte Soldaten der Volksbefreiungsarmee in Zentraltibet ein, um die Bevölkerung – wie es hieß – von ihren feudalen Unterdrückern zu befreien. Wir hatten nur eine kleine, schlecht vorbereitete Armee. Eine Niederlage war unausweichlich. Zwei Jahre später wurde Tibet bei Verhandlungen in Peking vor die Wahl gestellt: entweder ›friedliche Befreiung‹ oder militärische Vernichtung. Was blieb uns übrig …? Wir mussten die Besatzungsmacht in unserem Land dulden, unser Volk, unsere alte Kultur trieb damit dem Untergang entgegen. Vergeblich bemühte sich der nicht einmal zwanzigjährige Dalai-Lama immer wieder, zwischen den chinesischen Truppen und seinen Landsleuten zu vermitteln. Die intolerante chinesische Regierung war den Tibetern verhasst. Protestkundgebungen fanden überall im ganzen Land statt. Im März 1959 kam es in Lhasa zu einem großen Volksaufstand. Die Chinesen griffen zu den Waffen. Rund hunderttausend Menschen fanden den Tod. Auch der junge Dalai-Lama wollte für sein Volk sterben. Doch die Tibeter flehten ihn an, sein Leben zu schützen. Er entkam den Chinesen, als einfacher Soldat verkleidet, und floh nach Indien. Fast neunzigtausend Tibeter, darunter meine Großeltern, folgten dem Dalai-Lama ins Exil. Die Chinesen töteten über eine Million Tibeter – ein Fünftel der tibetischen Gesamtbevölkerung. Schließlich beschuldigte eine internationale Kommission die chinesische Regierung, in Tibet einen Völkermord zu begehen; man verfolge das Ziel, die Tibeter als religiöse Gruppe auszulöschen. Die Resolution brachte unserem Volk keine Hilfe. Mit grausamen Methoden sollte sein Widerstand gebrochen werden. Die Gefängnisse waren überfüllt. Das Land Tibet galt als Großlabor für die chinesischen Sicherheitskräfte, was Foltermethoden betraf.«

Tenzin wandte den Kopf. Unsere Blicke begegneten sich. Ich legte mein Gesicht an seine Schulter. Ruhig sprach er weiter.

»Ich muss weiter ausholen und zuerst von der Flucht meiner Großeltern erzählen. Die Chinesen betonten immer wieder, dass sie gekommen seien, um die Lebensbedingungen der Landbevölkerung zu verbessern. Die Gutsherren und die Geistlichen aus den Klöstern hätten die Bauern jahrhundertelang ausgebeutet. Nun herrsche das Volk, sagten die Chinesen. Sie festigten nach und nach ihre Macht in Lhasa, beschlagnahmten Häuser, enteigneten Großgrundbesitzer. Die tibetische Wirtschaft brach zusammen. Zum ersten Mal seit Menschengedenken stand Lhasa vor einer Hungersnot. Zu Beginn hatten sich die Chinesen bemüht, einflussreiche Tibeter auf ihre Seite zu bringen. Sie bauten Schulen und ein Krankenhaus, um die Gunst des Volkes zu gewinnen. Meinem Großvater wurde angeboten, das neue Krankenhaus zu leiten, unter der Bedingung, dass er sich zur kommunistischen Partei bekannte. Mein Großvater bat um einige Tage Bedenkzeit und bereitete heimlich die Flucht vor. Die Großmutter ahnte, dass sie Tibet niemals wiedersehen würde. Sie verpachtete das verbleibende Ackerland an die Kleinbauern und öffnete ihre Getreidespeicher. Einige der Bauern zogen es vor, mit unserer Familie ins Exil zu gehen. In einer stürmischen Frühlingsnacht machte sich die kleine Karawane auf den Weg. Sie waren als Nomaden verkleidet, trugen Fellmäntel und derbe Stiefel. Kurz bevor sie loszogen, bemerkte Dolma, dass ihr kleiner Hund fehlte. Sie lief in die Stallungen zurück, um das Tier zu suchen, und verpasste den Aufbruch der Karawane. In der Dunkelheit und im strömenden Regen blieb das Fehlen des kleinen Mädchens zuerst unbemerkt. Erst bei Tageslicht wurde Dolmas Abwesenheit festgestellt. Was nun? An eine Umkehr war nicht zu denken, sie hätte die Familie und ihre treuen Begleiter in Lebensgefahr gebracht. Da erbot sich Wangdup, ein junger, kräftiger Bauer, mit dem Maulesel zurückzureiten und Dolma zu suchen. Die Eltern segneten ihn, gaben ihm Geld und setzten ihre Flucht fort. Der Rückweg wäre für Wangdup in einigen Stunden zu bewältigen gewesen. Doch die heftigen Regenfälle hatten Erdrutsche verursacht, Flüsse waren über die Ufer getreten. Bevor Wangdup die Hauptstadt erreichte, vergingen fast zwei Tage. Die Chinesen hatten das Haus meiner Großeltern bereits beschlagnahmt; Plakate an den Türen verkündeten, dass der Besitz nun dem Volk gehöre. Wangdup musste sich versteckt halten, da man ihn sofort als Komplizen verhaftet hätte. Es dauerte mehrere Tage, bis er herausfand, was aus Dolma geworden war.

In jener verhängnisvollen Nacht hatte die Sechsjährige erstaunlichen Mut und Klugheit gezeigt. Als sie merkte, dass ihre Familie ohne sie fortgezogen war, nahm sie den kleinen Hund in die Arme und machte sich auf den Weg zu ihrer Tante Ngowang. Diese war mit einem hohen Beamten verheiratet und wohnte in einem Haus am anderen Ende der Stadt. Im strömenden Regen klopfte Dolma an das Tor, riss den Hausmeister aus dem Schlaf. Um die Verwandten nicht in Schwierigkeiten zu bringen, hatten Dolmas Eltern ihre Fluchtpläne geheim gehalten. Ngowang wurde sofort klar, dass nur strengste Verschwiegenheit ihre Familie vor dem Zorn der

Chinesen schützen konnte. Die Dienstboten wurden angewiesen, Dolma als das Kind einer entfernten Verwandten auszugeben, die an Pocken gestorben sei. Die Mägde und Knechte hielten treu zur Familie und brachten dieses Gerücht in Umlauf.

Unglücklicherweise hatte sich Dolma in ihren durchnässten Kleidern erkältet. Das kleine Mädchen erkrankte an einer Lungenentzündung. Als Wangdup sie nach tagelangem Suchen endlich fand und Ngowang ihn an das Bett der Kranken führte, erschrak er. Dolma hatte hohes Fieber. Ein trockener Husten schüttelte ihre Brust, sie lag halb bewusstlos und fantasierte. Wangdup sah ein, dass er mit dem kranken Kind nicht reisen konnte. Dolma hätte den beschwerlichen Fluchtweg über die Bergpässe nicht überlebt. Ngowang schlug dem jungen Bauern vor, sofort Dolmas Eltern hinterherzureiten und sie von ihrer Sorge zu erlösen. Das Kind sei bei ihr in Sicherheit. Sobald Dolmas Gesundheit es zuließe und sich eine Gelegenheit biete, werde Ngowang das kleine Mädchen zu ihren Eltern schicken. Wangdup stimmte dieser Lösung zu und machte sich auf den Weg.

Unterdessen war meinen Großeltern die Flucht geglückt. Sie hatten die indische Grenze überschritten. In ihrem Exil konnte Wangdup ihnen die gute Nachricht überbringen. Den Eltern fiel ein Stein vom Herzen; allerdings wussten beide, dass es Jahre dauern konnte, bis sie ihr Töchterchen wiedersahen. Inzwischen nahmen Tausende von Tibetern den gefährlichen Ritt über den Himalaja auf sich, sie flohen sogar mit Säuglingen und mit den Alten aus ihren Familien. Die Chinesen überwachten die Pässe.

Flugzeuge patrouillierten. Im Tiefflug wurde mit Maschinengewehren auf die Fliehenden geschossen. Die Opfer waren zahlreich.

Die indische Regierung hatte in der kleinen Ortschaft Dharamsala ein provisorisches Auffanglager eingerichtet. Mein Großvater arbeitete in der dortigen Krankenstation. Doch die Strapazen der Reise hatten seiner Gesundheit geschadet. Er erkrankte an Tuberkulose, und weil er die Medikamente lieber seinen Patienten überließ, starb er bald. Meine Großmutter blieb mit ihren zwei älteren Töchtern allein und mittellos in Dharamsala zurück. Als das Rote Kreuz 1961 die ersten Flüchtlinge in die Schweiz brachte, gehörten die Amla und ihre Kinder dazu.«

Tenzins warme Stimme verstummte plötzlich, und ich empfand eine seltsame Leere. Für kurze Zeit flackerte die Sonne rubinrot hinter den Bäumen; die Dämmerung breitete sich aus. Ein Windstoß bewegte das Unterholz, Zweige knisterten. Ich spürte, wie ich fröstelte.

»Und dann?«

Tenzin sprach weiter, den Blick ins Leere gerichtet.

»Dolma erholte sich, blieb aber von zarter Gesundheit. Sie war eigensinnig, willensstark und überdurchschnittlich intelligent. Ngowang, deren Kinder bereits erwachsen waren, freute sich über die Kleine, die Leben in ihr Haus brachte, und ließ sie von einem Privatlehrer unterrichten. Dolmas Anwesenheit erregte kein Misstrauen, die Nachbarn hielten das Mädchen nach wie vor für eine entfernte Verwandte.

Die Chinesen wussten, dass sie in Tibet nur wenig Freunde hatten. Sie umwarben daher auch Tsering, Ngowangs Mann, und hofften, ihn zum Marxismus zu bekehren. Dieser, ein durchtriebener tibetischer Beamter, versuchte – wie man so sagt –, Wasser auf beiden Schultern zu tragen. Eine Zeit lang gelang es ihm auch. Doch die Lage verschlimmerte sich. Tserings ebenso gewitzte wie hartnäckige Ausreden erbosten die Chinesen. Dazu kam ein anderes Problem. Die Besatzungsmacht hatte begonnen, tibetische Kinder nach China zu deportieren. Sie wurden ihren Eltern entrissen und ins chinesische Mutterland gebracht, um dort kommunistisch erzogen zu werden. Tsering und Ngowang versuchten, Dolma vor diesem Schicksal zu bewahren. Aber das dreizehnjährige Mädchen begriff, dass eine Weigerung seine Verwandten in Gefahr gebracht hätte. Sie war unerschrocken und hatte, was Gerissenheit betraf, bei ihrem Onkel Tsering einiges gelernt. Ein Lastwagen brachte Dolma schließlich mit anderen Kindern nach Peking, wo sie die ›Schule der Nationalitäten‹ besuchte. Tibetische Kinder wurden dort in Heimen untergebracht. Sie lernten chinesisch sprechen und schreiben. Ihr buddhistischer Glaube wurde als reaktionär bezeichnet und verboten, man paukte ihnen den Marxismus ein. Dolma widersprach den Lehrern nicht; sie hörte gut zu, lernte, was brauchbar sein mochte, und galt als Musterschülerin. In ihrer Klasse war ein gleichaltriger Tibeter, Jigme, der ebenfalls gelernt hatte, seine Gedanken für sich zu behalten. Dolma und Jigme verstanden sich auf den ersten Blick. Sie absolvierten ihre Schulzeit und wurden als Lehrer ausgebildet. Es war für sie die einzige Möglichkeit, die Heimat wiederzusehen.

Acht Jahre später kehrten sie als Lehrer nach Tibet zurück, sie waren erschüttert darüber, wie sich dort alles verändert hatte: Schöne alte Häuser waren abgerissen worden. Die Soldaten hatten Mönche und Nonnen verhaftet, die Klöster geplündert und zerstört. Die Wälder waren abgeholzt; man hatte Straßen durch fruchtbares Ackerland gezogen. Auch die tibetische Seele sollte zerstört werden. Die Chinesen hatten überall Bordelle eingerichtet, Alkoholismus und Spielsucht verbreiteten sich unter der Bevölkerung. Ngowang war inzwischen gestorben, ihr Mann spurlos verschwunden; man munkelte, dass die Chinesen ihn hingerichtet hatten. Ngowangs Haus war zugemauert worden, die Dienstboten waren obdachlos und bettelten auf der Straße. Dolma und Jigme begegneten nur Elend, Zorn und stumpfe Verzweiflung. Mit aller Kraft kämpften sie gegen das Entsetzen an. Sie wollten nicht die Hoffnung verlieren, und ihre Liebe half ihnen dabei. Sie heirateten, fanden eine kleine Wohnung. Beide unterrichteten Chinesisch; in den tibetischen Schulen konnten die Kinder nämlich ab zwölf Jahren Chinesisch lernen. Und viele Eltern waren dafür, denn der soziale Aufstieg und die berufliche Karriere ihrer Kinder hing davon ab, ob sie Chinesisch konnten oder nicht. Natürlich kamen in diesem Unterricht die tibetische Sprache und Kultur zu kurz. Dolma und Jigme versuchten, in ihren Klassen beides zu verbinden, wohlwissend, dass sie Argwohn damit erregten. Sie wünschten sich ein Kind, auch wenn das gerade in dieser Zeit nicht vernünftig war. Aber sie wollten an die Zukunft glauben.

Nach meiner Geburt war es in Lhasa ein paar Jahre lang ruhig. Die Chinesen waren mit den Kämpfen gegen aufständische Nomadenstämme beschäftigt. Die berittenen Rebellen tauchten immer dort auf, wo man sie am wenigsten erwartete, überfielen die lagernden Truppen, brachten ihnen empfindliche Verluste bei. Ihre Pferde mit den unbeschlagenen Hufen jagten zu Hunderten über die Hochebene. Die Reiter, in Fellmäntel gehüllt, zogen lautlos durch die Nacht, ihre Waffen glitzerten im Sternenlicht. Die Besatzungsmacht konnte nicht durchgreifen. Nun beschuldigte man die Bevölkerung, gemeinsame Sache mit den Rebellen zu machen. Massenverhaftungen und Hinrichtungen waren daraufhin an der Tagesordnung. Hochqualifizierte tibetische Gelehrte und Beamte wurden der Spionage beschuldigt, verhaftet und grausam gefoltert. Überall im Land brachen neue Aufstände los. Die Chinesen setzten Panzer und Flugzeuge ein. Meine Eltern fühlten sich in Lhasa nicht mehr sicher. Ich war sechs Jahre alt; sie dachten an mich, an meine Zukunft. Doch bevor sie ihre Fluchtpläne verwirklichen konnten, wurde mein Vater als konterrevolutionärer Agent festgenommen und verhört. Man wollte Informationen von ihm, die er gar nicht besaß. Zuerst ließen ihn die Chinesen auf Glasscherben knien. Dann zerrten sie ihm alle Kleider vom Leib und schleiften ihn über das Glas, bis sein Körper eine einzige Wunde war. Sie rissen ihm beide Ohren aus und schnitten ihm die Nase ab.«

»Hör auf!«, rief ich schaudernd. Doch Tenzin schüttelte den Kopf, sprach leise und stockend weiter.

»Mein Vater wusste, dass ihm weitere Qualen bevorstanden. Als man ihn ein zweites Mal über Glas schleifte, schnitt er sich die Halsader dabei auf, bekam Scherben in den Mund und schluckte sie. Er starb unter entsetzlichen Schmerzen. Die Chinesen warfen seinen verstümmelten Leichnam vor unser Haus. Als wir an die Tür kamen, legte Dolma mir rasch die Hand über die Augen. Zu spät! Den Anblick werde ich niemals vergessen …«

Ein Grauen überlief mich. Ich packte Tenzins Hand und hielt sie fest. Sein Puls hämmerte, die Haut fühlte sich klamm an.

»Sei still«, flüsterte ich.

Er schmiegte sein Gesicht an das meine, das nass vor Tränen war.

»Nein, ich muss mir die Sache von der Seele reden. Ich habe schon zu lange geschwiegen.«

Er holte tief Luft. Seine Stimme klang heiser, fast kehlig.

»Meine Mutter wusste, dass auch sie jeden Augenblick verhaftet werden konnte. Sie weinte nicht, konnte nicht weinen; der Schmerz hatte ihr das Herz gebrochen. Zum Trauern würde sie noch Zeit haben, ihr Leben lang, sagte sie damals. Jetzt musste sie mich und sich selbst in Sicherheit bringen. Zuerst ordnete sie Jigmes Bestattung an. Mein Vater wurde nach buddhistischem Ritus eingeäschert. Dann verkaufte sie ihren letzten Schmuck und besorgte sich einen Pilgerpass. Ein Viehhändler hatte eingewilligt, uns in seinem Lastwagen mitzunehmen. Vor Tagesanbruch ging die Reise los. Wir kauerten zwischen den blökenden Schafen. Dolma hatte sich als Bauersfrau verkleidet. Sie trug eine Schuba – eine Jacke aus Yakwolle –, alte Stiefel und verbarg ihr schönes Haar unter einer verfilzten Mütze. Mir hatte sie abgetragene Kleider angezogen und mein Gesicht zum Schutz gegen die Sonne mit Fett eingerieben. Außer einem chinesischen Schlafsack hatte sie nur ein paar persönliche Sachen bei sich sowie Zucker und Pulverkaffee – Dinge, die als Geschenke wertvoll waren, wenn man von den Nomaden einmal Hilfe brauchte. Der Fahrer, ein grobschlächtiger Mann, gestand ihr, dass er den Chinesen zuerst wohlgesinnt gewesen war. Doch seine beiden Söhne, Mönche im Drepung-Kloster, waren von den Soldaten mit dem Bajonett niedergestochen worden. Seitdem rächte er sich, indem er die Chinesen bei jeder Gelegenheit übertölpelte.

Kurz vor dem Militärstützpunkt Tingri hörte die Straße auf; wir mussten den Wagen verlassen und zu Fuß weiterwandern. So vergingen einige Tage. Wir verbrachten die Nächte unter freiem Himmel oder fanden in Hirtenzelten Obdach. Dolma hatte ihr Geld in den Saum ihres Gewandes eingenäht. In einem Dorf kaufte sie ein altes, aber noch robustes Maultier. Nun kamen wir schneller vorwärts. Die Landschaft veränderte sich. Wir waren bald sehr hoch oben im Gebirge, und deshalb war die Gegend karg; das machte meiner Mutter Sorgen. Chinesische Streittruppen konnten uns auf der Ebene schnell ausmachen. Doch wir hatten Glück: Der

Ritt verlief ohne Zwischenfall. Bald sahen wir vor uns die ersten Gipfel der Everest-Gruppe, schneebedeckte Eisriesen über grünen und blauen Hügelketten. Windböen schnitten uns die Luft ab. Wir nutzten die warmen Stunden im Sonnenschein, um so schnell wie möglich zu reiten. Nachts suchten wir den Schutz einer Felswand, und ich kroch zu meiner Mutter in den Schlafsack. Feuer wagten wir nicht anzuzünden; wir ernährten uns von Tsampa, das wir mit Wasser aus unserer Feldflasche zu Brei verrührten. Die Temperatur sank, je näher wir den Gletschern entgegenritten.

Meine Mutter erkältete sich und hustete. Ihre Wangen waren gerötet; sie fieberte. Doch es half alles nichts, wir mussten weiter. Unser Ziel war der Nangpa La, der Grenzpass zwischen Tibet und Nepal. Der Pass war nur von Mai bis August offen, und wir hatten schon Anfang September. In zahllosen Windungen führte eine Piste hinauf, die die Reisenden im Laufe der Zeit ausgetreten hatten und die immer steiler und gefährlicher wurde. Die Bergkette schien enger zusammenzurücken, bildete eine scheinbar unüberwindliche Wand. Es war eine Landschaft, in der man vergeblich eine Spur von Leben suchte, eine Landschaft aus Stein, Schnee und eisiger Sonne. Der Wind wehte Schnee auf, der in die Lunge dringen und zum Ersticken führen konnte. Manchmal war die Piste so eng, dass das Maultier die Steinwand zu beiden Seiten streifte. Als sich die Schlucht endlich öffnete, riss uns der Wind fast zu Boden. Der Sturm hatte die Gewalt eines Orkans. In hundertfachem Echo warfen die Felswände sein

Heulen und Pfeifen zurück. Nur langsam, Schritt für Schritt, wagte sich das Maultier auf das glitzernde Eis des Gletschers. Aber Maultiere sind klug; das Tier lernte bald, sich mit Hilfe des Windes vorwärts zu bewegen. Es lehnte sich gegen ihn, um sich im Gleichgewicht zu halten. Unendlich langsam führte es uns den Hang hinauf. Die Anstrengung war furchtbar. Meine Lungen flogen, das Herz hämmerte mir. Wir hatten entsetzlichen Durst, doch das Wasser in unserer Feldflasche war gefroren.

Über die breite Gebirgskette nahten dichte Wolkenbänke. Die Zeit drängte: Ein Wetterumschwung stand bevor. Bis ans Ende unserer Kräfte ritten wir über grün und blau schimmernde Eisflächen, über Schutt und lockeres Geröll. Auf der Passhöhe stand ein Steinhaufen, der als heilig galt. Jeder Reisende befestigte dort eine Kata – eine seidene Glücksschärpe. Auch wir opferten nach diesem Brauch. Meine Mutter sprach die Beschwörungsformel ›Om mani padme hum‹, um Buddha zu danken, dass wir den ersten Teil der Reise überstanden hatten. Die Nacht brach herein; wir fanden eine Felsspalte, in die wir uns verkrochen. Wir kauten getrocknetes Yakfleisch, löschten unseren Durst mit Schnee. Das Maultier bekam seinen Futtersack umgehängt. Dolma hustete fast die ganze Nacht. Als wir uns beim ersten Sonnenlicht wieder auf den Weg machten, hatte sie kaum geschlafen. Sie sah vollkommen erschöpft aus und abgezehrt; ihre Augen lagen tief in den Höhlen. Ihre Haut glühte vor Fieber. Nun begann der Abstieg, doch die Gefahr war noch lange nicht vorüber. Das Wetter wechselte. Die ersten Flocken fielen, bald wurde das Schneetreiben immer stärker. Wir verloren die Orientierung, überließen uns ganz dem Instinkt unseres Maultieres. Dolma war aschfahl im Gesicht und schnappte nach Luft; ich klammerte mich verzweifelt an sie. Alles war gefroren, sogar der Schweiß auf unserer Haut. Bald kamen wir auf eine Hochebene, sie war von tückischen Gräben und Rinnen durchzogen. Zum Glück war es hier weniger kalt. Wir ritten durch hellen Nebel, der weiche Schnee schluckte jeden Schall. Bald würden wir besiedeltes Gebiet erreichen, doch meine Mutter war misstrauisch. Chinesische Truppen bewachten die Grenze. Man fing die Flüchtlinge ab, brachte sie nach Lhasa zurück, ins Gefängnis. Dolmas Ziel war ein tibetisches Nonnenkloster in der Ortschaft Namche. Die Äbtissin war eine entfernte Kusine von ihr. Mit etwas Glück, sagte meine Mutter, würden wir am nächsten Morgen das Kloster erreichen. Wir waren zu diesem Zeitpunkt bereits zwei Wochen unterwegs; den schlimmsten Teil der Reise hatten wir hinter uns.

An der Südflanke des Himalaja stieg die Temperatur rasch an. Der Schnee fiel immer feuchter, klebte auf unserem Gesicht, auf den durchnässten Kleidern. Die Felsen waren schwarz und glitschig. Ich presste mich an meine Mutter, die sich nur mit Mühe im Sattel hielt. Kein Lüftchen regte sich, und auf einmal – das weiß ich noch genau – empfand ich schreckliche Angst. Die ganze Welt schien den Atem anzuhalten. Sogar das Maultier benahm sich sehr merkwürdig. Das Tier blähte die Nüstern. Die Fellkegel seiner Ohren hatten beunruhigende Schwingungen in der Luft bemerkt. Die Muskeln des Tieres zuckten unter seinem klebrigen Fell. Dolma strich ihm über den Hals, doch das Maultier zitterte immer heftiger. Plötzlich rieselte ein feiner Schneeregen von einem Felsvorsprung. Ein gewaltiges Rauschen erfüllte die Luft. Tosend brach eine Lawine über den Berghang. Steine schlugen von allen Seiten hoch, sprangen polternd und sirrend von Fels zu Fels. Einer dieser Steine traf das Maultier in der Flanke. Das Tier wieherte vor Schmerz, bäumte sich auf und schlug aus. Wir verloren das Gleichgewicht, wurden aus dem Sattel gerissen und stürzten zu Boden. Das Maultier floh in wilder Panik, mitsamt Schlafsack, Decken, Feldflasche und Proviant. Schon donnerte ein zweiter Schneerutsch hinab, erfasste das blind vorwärts stürzende Maultier. Die Lawine warf das Tier seitlich den Abhang hinunter; es überschlug sich in den Schneemassen, wurde hinabgefegt in das Grab, das es hundert Meter tiefer in der Schlucht erwartete. Dolma warf sich über mich, schloss mich fest in die Arme. Ein paar herunterprasselnde Steine trafen uns schmerzhaft an Kopf und Rücken. Dann herrschte eine weiße, dumpfe Stille – wie nach einer Explosion. Der Berg kam wieder zur Ruhe. Dolma zerrte mich hoch, entfernte mir mit den Fingern den Schnee aus Mund und Nase. Wir krümmten uns, blau im Gesicht und verzweifelt Schneebrocken würgend, husteten uns fast die Lungen aus dem Leib. Es dauerte eine ganze Weile, bis wir wieder zu Atem kamen und uns das ganze Ausmaß der Katastrophe bewusst wurde. Wir hatten alles verloren, waren der Grausamkeit der Bergwelt schutzlos ausgeliefert. Dolma richtete sich taumelnd auf, packte mich, stieß mich vorwärts. Von jetzt ab durften wir uns keinen Augenblick Ruhe gönnen. Wir befanden uns dreitausend Meter über dem Meeresspiegel. Die ganze kommende Nacht und den folgenden Tag mussten wir auf den Beinen bleiben. Wenn wir einschliefen, würde das für uns den sicheren Tod bedeuten. Keuchend stapften wir durch den aufgeweichten, schweren Schnee. Die Anstrengung war kaum auszuhalten. Dolmas Atem rasselte. Die durchnässten, steifgefrorenen Kleider klebten an ihrem Körper. Hustenanfälle schüttelten sie. Ich schluchzte vor Müdigkeit und Hunger. Dolma überhäufte mich mit Schmeicheleien, Liebkosungen und Bitten.

›Komm! Du bist doch groß und stark! Im Kloster kriegst du ein warmes Bett und süßen Tsampa-Brei. Den magst du doch, nicht wahr? Weine nicht! Gleich sind wir da …‹

Die Nacht brach herein; Nebel bedeckte die Sterne. Es wurde stockdunkel. Zum Glück hatte Dolma eine Taschenlampe bei sich, die sie in ihrem Bündel trug, das fest um ihre Schultern geschlungen war. Wir folgten dem winzigen Schein. Wie lange die Batterie noch halten würde, wussten wir nicht.

Im Hochtal mündeten zwei Gletscherarme. Wir hörten das Murmeln des Wassers. Es wurde immer lauter, bis es sich in ein Plätschern und dann in ein dumpfes Rauschen verwandelte. Durch den tagsüber schmelzenden Schnee war der Gletscherfluss angeschwollen. Der Strom war reißend, aber nicht tief; mit dem Maultier hätten wir ihn mühelos durchquert. Meine Mutter hoffte, bald eine seichte Stelle zu finden. Wir konnten uns kaum noch auf den Beinen halten. Unsere Füße fühlten sich wie Eisklumpen an. Alles hätten wir für den Anblick eines Feuers, eines Nomadenzeltes gegeben. Doch in der ganzen schwarzen Ferne war nur das Rauschen des Wassers zu hören. Wieder vergingen Stunden. Wir stapften wie Schlafwandler am Ufer entlang. Manchmal ließen wir uns einfach auf den Boden fallen. Dann schlief ich ein paar Augenblicke lang, bis meine Mutter mich wachrüttelte.

›Aufstehen, weitergehen! Nicht schlafen!‹

Allmählich wich die Dunkelheit. Als der Himmel sich grau färbte, knipste Dolma die Taschenlampe aus. Bei Tagesanbruch sahen wir Rauch in der Ferne. Dort waren Menschen, Wärme und Nahrung. Aber man hatte Dolma gewarnt: Im Grenzgebiet hatte die Habgier das uralte Recht der Gastfreundschaft verdrängt. Viele Flüchtlinge wurden hier ausgeraubt, manche von ihnen sogar ermordet.

Der Himmel leuchtete rot, dann golden. Die Sonne glitt hinter den Bergkämmen hervor, flimmerte über der Moräne. Der Fluss lief im weiten Bogen durch das Tal. An vielen Stellen schwappten die Wellen über das Ufer. Treibholz und Erdschollen wälzten sich durch das bräunliche Wasser. Der endlose Weg kam uns wie ein Albtraum vor, jeder Schritt wurde zur Qual. Alles war gefroren: die durchnässten Kleider und Stiefel, die Knochen, die Gelenke. Krämpfe durchzuckten die Muskeln unserer Hüften und Beine. Dolma konnte plötzlich nicht mehr: Sie lehnte sich an einen Felsen, ließ sich langsam zur Erde gleiten. Ich fühlte das hohe Fieber in ihren Händen, als sie die Arme um meinen Hals schlang. Ihre Stimme hörte sich heiser und stockend an.

›Ach, Tenzin! Wenn ich nur schwimmen könnte! Ich würde dich auf den Rücken nehmen … hier überqueren. Die letzte Felswand … der letzte Hügel … Das Kloster ist nicht mehr weit. Aber diese Stromschnellen! Ich habe keine Kraft mehr …‹

Ihr ganzer Körper zitterte; selbst ihre Kleider zitterten mit ihr. Sie weinte still vor sich hin. Auf ihrem erdverkrusteten Gesicht zogen die Tränen glitzernde Spuren.

Bleiern schwappte die Müdigkeit in mir hoch. Meine Glieder schmerzten, der Kopf tat mir zum Verrücktwerden weh. Dolmas Stimme wurde zum eintönigen Flüstern, das wie ein Gebet klang.

›Was sollen wir nur machen …? Es gibt doch sicher einen Steg … Es muss dort drüben irgendwo sein. Wird uns noch mehr Zeit kosten … Aber die Grenzmiliz? Hilf uns, allmächtiger Buddha! Vielleicht können wir sie überlisten …‹ Ihre Arme umklammerten mich noch immer. Sie seufzte, richtete sich auf und zerrte mich mit sich.

›Komm, sei ein tapferer Junge! Bald haben wir es geschafft.‹

Wie Blinde, wenn auch mit weit geöffneten Augen, wanderten wir an dem Wildwasser entlang. Seit über zwölf Stunden waren wir jetzt auf den Beinen. Die Erschöpfung war zu groß; in unserer Einbildung, in Gedanken und Gefühlen waren wir noch immer vom Dunkel der Nacht umfangen. Unsere Bewegungen waren automatisch, wir schliefen im Gehen. Der Wind hatte den Sand aus dem Tal bis an die Bergflanke hochgeblasen; eine Zeit lang stapften wir durch Dünen. Manchmal ging ein kurzer, eiskalter Regenschauer nieder, durchnässte uns bis auf die Knochen. Hier an der Grenze zu Nepal war das Hochland fruchtbar. Verkrüppelte Kiefern und Rhododendronbüsche wuchsen in den Gebirgsschluchten. Der Boden war mit glitschigem Moos bedeckt, in das unsere Füße einsanken. Dolma suchte nach Gräsern, die sie pflückte. Wir bissen und kauten den Saft aus den Stängeln. Er schmeckte säuerlich und sandig. Meine Mutter führte mich an das Wasser, ließ mich aus ihrer hohlen Hand trinken. Dann entfernte sie sich; ich sah, wie sie sich hinter einem Felsen erbrach.

Der Weg führte ständig bergab, zwischen dem Fluss und dem Gebirge. In der Ebene breiteten sich grüne Wiesen aus und lehmfarbene Felder. Allmählich rückten Felstürme näher. Die Mittagssonne funkelte, als sich vor uns eine Schlucht auftat. Das Tal war wie ein Kessel, von senkrechten Wänden umschlossen. Von einem tiefen Felseinschnitt aus stürzte das Wasser des Gletscherflusses in ein Granitbecken hinunter und dann in schäumenden Kaskaden in die weite Ebene hinab. Mitten im Tal, an einer Stelle, wo der Fluss sehr tief aussah, war ein Steg über das Wasser gespannt. Er konnte nur von Fußgängern benutzt werden; Reisende mussten ihre Maultiere oder Pferde am Zügel führen. Die Brücke aus roh gezimmerten Ästen und geflochtenen Seilen hing in der Mitte ziemlich stark durch. Auf der Sonnenseite des Tals wuchsen Kiefern gegen senkrechte Felsen empor. Wir duckten uns im Gehölz; meine

Mutter erstickte mit Mühe einen Hustenanfall. Ihre Augen blickten stumpf, ihre Wangen waren seltsam gerötet. Zähneklappernd sah sie um sich.

›Kein Mensch, nirgendwo. Sollen wir zu dem Steg gehen? Wir müssten den Hang hinunterklettern …‹

Sie stöhnte leise, umfasste meine Schultern, als ob sie sich auf mich stützen wollte.

›Los, Tenzin! Wir haben keine andere Wahl. Sei ganz ruhig, wir sind in Buddhas Hand …‹

Stolpernd bewegten wir uns den Hang hinab. Wenn der Boden zu steil abfiel, setzten wir uns einfach hin und rutschten ein Stück tiefer. Das schäumende Gletscherwasser kam immer näher. Der Steg schaukelte leicht im Wind; bei diesem Anblick wurde mir übel. Ich klammerte mich an meine Mutter, sträubte mich in stummer Verzweiflung. Doch sie zog mich weiter, mahnte mich, niemals nach unten zu schauen, sondern nur geradeaus. Wir erreichten den Steg, packten mit beiden Händen die Seile, setzten die Füße auf das schaukelnde Gestell. Meine Mutter ging hinter mir, um mich im Auge zu behalten. Die Brücke zitterte und schwankte unter unserem Gewicht. Die an Holzpfeilern befestigten Tragseile dehnten sich ächzend und knirschend. Schwindel überkam mich. Ich vergaß den Ratschlag meiner Mutter und starrte benommen in die Strudel, die mir schäumend entgegenwuchsen. Plötzlich drang ein seltsames Geräusch durch das Brausen: ein hartes, peitschendes Knallen. Unwillkürlich blieb ich stehen, warf einen Blick über meine Schulter. Da sah ich die Sonne auf einem Gewehrlauf blinken. Von dem Ufer aus, das wir gerade verlassen hatten, zielten zwei Soldaten auf uns. Die Patrouille stand neben einer kleinen Steinhütte, die fast unsichtbar am Berghang errichtet war und wie mit dem Felsen verwachsen schien. Vielleicht wäre nichts passiert, wenn meine Mutter ihren Pilgerpass vorgezeigt hätte. Blind vor Erschöpfung hatte sie den chinesischen Grenzposten übersehen. Die Soldaten hatten uns keine Chance gegeben, sie hatten gewartet, bis wir in der Mitte der Brücke waren. Jetzt krachte ein zweiter Schuss. Ich sah ein rotes Loch auf Dolmas Stirn, das einen Atemzug vorher nicht da gewesen war. Einige Sekunden lang stand sie schwankend da; ihre Augen starrten mich an und durch mich hindurch. Ein Schauer lief über ihren Körper. Ihre Hand öffnete sich, entglitt meiner Hand. Langsam sank sie in die Knie. Sie fiel nach vorn, rollte herum und kippte zwischen den Tragseilen seitwärts in die Tiefe, ins Wasser. Noch bevor ich etwas denken konnte, drang wieder das harte Knallen an mein Ohr. Ich hatte das Gefühl, mein Bein würde unter mir weggerissen. Funken wirbelten vor meinen Augen. Alle Formen und Farben gingen ineinander über. Ein kreisendes schwarzes Loch tat sich auf; ich fühlte mich rücklings versinken. Ein ungeheures Rauschen erfüllte meinen Kopf. Dann war nur noch Dunkelheit und Stille.

Im Licht einer fahlen Nachmittagssonne erwachte ich. Wo ich lag, war es nass und kalt, aber sehr friedlich. Wasser plätscherte; aus der Ferne klangen Stimmen. Blinzelnd öffnete ich die Augen, starrte in blaues Licht. Der Himmel drehte sich auf eigentümliche Weise. Ich konnte meine Glieder nicht bewegen und mich nicht aufrichten. Aber irgendwie hatte ich keine Angst. Ich fühlte mich nur entsetzlich müde und durchgefroren. Die Stimmen kamen näher. Das Wasser um mich herum geriet in schaukelnde Bewegung. Zuerst sah ich nur einen Schatten, dann das erschrockene Gesicht einer Frau, die sich über mich beugte. Ihr Haar war geflochten und mit Amuletten geschmückt. Nun schob sich das Gesicht eines Mannes neben das ihre, bärtig, mit einer Fellmütze. Arme hoben mich hoch, trugen mich fort. Dann ein plötzliches Gefühl von Wärme und Geborgenheit: Man hatte mich in eine Decke gehüllt. Ich verlor erneut das Bewusstsein.

Was war geschehen? Nun, als ich von der Brücke gestürzt war, war gerade eine Ladung Treibholz angeschwemmt worden. Ein erwachsener Mensch wäre wohl zwischen den Stämmen untergegangen. Doch das zartgliedrige, abgemagerte Kind, das ich damals war, war einfach auf dem Treibholz gelandet und darauf liegen geblieben, wie auf einem Floß. Das Wasser hatte mich stromabwärts getragen, bis zu einem nepalesischen Grenzdorf. Später erfuhr ich, dass der Fluss auch die Leiche meiner Mutter dort angeschwemmt hatte. Die Bauern hatten die Verstorbene bestattet; sie wussten, dass die Chinesen das Tal bewachten, und ahnten, was sich zugetragen hatte. Die Bauern brachten mich in eine Hütte, machten Feuer. Als sie mir die nassen Kleider auszogen, entdeckten sie die Schusswunde. In der Nähe des Dorfes wurde eine Straße gebaut; ein junger Nepalese, der in der Hauptstadt Katmandu einige Semester Medizin studiert hatte, kümmerte sich um die Arbeiter, pflegte ihre Verletzungen und Knochenbrüche. Die Bauern ließen ihn holen. Der junge Mann verlor keine Zeit. Er hielt mir einen Lumpen mit Äther unter die Nase und entfernte die Kugel, die immer noch in meinem Knie steckte. Dann berieten die Dorfbewohner, was zu tun sei. Sie fürchteten sich vor den Chinesen. Ich hatte ihnen erzählt, dass meine Mutter und ich zum Kloster wollten. Eine herzensgute junge Frau – die Nichte der Bäuerin, die mich gefunden hatte – sattelte schließlich ihr Maultier und machte sich mit mir auf den Weg. Sie kannte die versteckten Gebirgspfade, und es gelang ihr, die Chinesen zu überlisten.

Ich blieb einen ganzen Monat in dem Kloster. Die Äbtissin weinte, als sie vom Tod meiner Mutter erfuhr. Aus Angst vor den Chinesen versteckte sie mich in einer kleinen Vorratskammer, gleich hinter dem Gebetsraum. Tag für Tag lag ich dort auf einer Matte, hinter Getreidesäcken verborgen. Im Halbschlaf vernahm ich das Klingeln der heiligen Geräte, die sanften Stimmen der betenden Nonnen. Wenn ich niemanden mehr hörte, spähte ich durch den Türspalt in den Gebetsraum: In Hunderten von kleinen Glas- und Zinngefäßen brannten dort eine Vielzahl von Lampen. Die kupferne Buddha-Statue auf dem Altar warf seltsam bewegliche Schatten. Die Flämmchen beleuchteten die Klostertrommeln, das honigfarbene Trommelfell schimmerte matt im Licht. Weihrauchschwaden betäubten mich. Der Schmerz in meiner Wunde pochte und brannte, aber der andere Schmerz, der innere, war stärker. Meine Mutter war tot. Sie, die mich in ihrer Zärtlichkeit und Kraft niemals verletzt, niemals enttäuscht hatte, entfernte sich in meiner Erinnerung wie eine dunkle Silhouette. Weinen konnte ich nicht; in meiner Verzweiflung verweigerte ich schließlich jede Nahrung, bis mich die Äbtissin eigenhändig mit Gerstenbrei fütterte. Sie sprach mir mit leiser Stimme Trost zu, pflegte meine Wunde und lauste mich. Die Verletzung heilte, aber die Schmerzen in meinem Knie wurden nicht besser. Sobald ich mich aufrichten wollte, gab das Bein unter mir nach. Ich konnte nur kriechen oder an einem Stock humpeln.

Eines Tages kam die Äbtissin und erklärte mir, dass ich bessere Pflege brauchte, die man mir hier im Kloster nicht geben könne. Sie wolle nicht, dass ich zum Krüppel würde. Einmal in der Woche startete von der nahe gelegenen Ortschaft Namche aus ein russisches Flugzeug nach Katmandu, das außer Post und Fracht ein paar Passagiere mitnahm. Die Äbtissin vertraute mich Natara-La an, einer nepalesischen Krankenschwester, die sie gut kannte. Das Geld für das Flugticket hatte sie von ihrem bescheidenen Vermögen beigesteuert.

Ein paar Tage später, früh am Morgen, war es so weit. Die kleine Maschine sprang über die holprige Startbahn, schwang sich in das gleißende Sonnenlicht. Bald waren wir von Nebeln umgeben, auf denen der Schatten des Flugzeugs vor- und zurücksprang. Über den Wolken ragten Eisberge in das gläserne Blau des Himmels. Die Reise dauerte knapp fünfzig Minuten. Dann lag ein Tal unter uns, mit einem Fluss in der Mitte, und rundherum die größte Stadt, die ich je gesehen hatte. Natara-La lächelte mich an.

›Katmandu!‹, rief sie.

Im Krankenhaus stellte sich heraus, dass die Kugel die Kniesehne beschädigt hatte. Es bestand die Gefahr, dass ich ein steifes Bein behielt. Zum Glück war ich noch ein Kind. Man hoffte, dass die Sehne von alleine heilen, sich kräftigen und strecken würde. Inzwischen konnte ich nur mit einer Krücke gehen. Während Natara-La versuchte, meine Angehörigen ausfindig zu machen, wohnte ich ein paar Monate lang in einem Auffanglager für tibetische Flüchtlinge. Dann kam der Bescheid: Da sich meine einzigen Verwandten in der Schweiz befanden, erhielt ich dort die Einreisebewilligung.

Ich war sieben Jahre alt, als ich mit einem Transport des Roten Kreuzes in die Schweiz kam und endlich meine Familie wiederfand.

Im Laufe der folgenden Jahre wurde ich fünfmal operiert. Eingeklemmte Nerven bereiteten mir starke Schmerzen. Der Schweizer Arzt, der mich von Anfang an behandelt hat, kennt das Gebiet des Himalaja gut, er hat es als Bergsteiger schon mehrmals besucht. Dr. Marti nimmt außerdem an dem Schicksal der Tibeter starken Anteil. Es gelang ihm, meine Kniesehne so weit zu strecken, dass ich auf die Krücke verzichten konnte. Jetzt steht mir noch eine letzte Operation bevor. Ich werde nach Sankt Gallen gehen, ins Kantonsspital. Dr. Marti ist dort Chefarzt. Er ist zuversichtlich. In Zukunft werde ich kaum noch unter der Verletzung leiden, meint er. Ich darf dann sogar Radfahren. Fußballspielen oder Surfen würde er mir allerdings nicht empfehlen … An meine Eltern denke ich noch ziemlich oft.

Ich habe zwar kein Foto von ihnen, und wenn ich wach bin, kann ich mich an ihre Gesichter kaum erinnern. Aber im Traum sehe ich sie häufig. Sie leuchten dann wie Kerzenschein im Dunkeln und reichen mir die Hand. Und irgendwie ... Siehst du, Alice, jetzt muss ich es dir sagen, irgendwie erinnerst du mich in mancher Hinsicht an meine Mutter, du bist so stark und klug. Das gefällt mir. Das gefällt mir so ...«

»Ich bin überhaupt nicht stark!«, protestierte ich. »Nicht die Spur.«

Er streichelte mein Gesicht, sehr langsam, nachdenklich.

»Wie willst du das beurteilen?«

Ich schwieg verwirrt. Ein Windstoß fuhr durch das Unterholz; die kalte Luft legte sich auf unsere Haut. Eine Weile saßen wir ganz still da. Schließlich brach Tenzin das Schweigen.

»Es ist spät geworden. Wahrscheinlich habe ich zu viel geredet.«

Ich blickte ihn betrübt an.

»Ich finde deine Geschichte sehr traurig.«

Er warf den Kopf zurück, als wollte er eine Beklemmung abschütteln.

»Ich habe mich damit abgefunden. Es war unser Schicksal.«

Es wurde Zeit, dass wir uns auf den Weg machten. Wir kletterten die Böschung hoch, halfen uns gegenseitig; Tenzin hielt sich an meinem Arm fest. Als wir auf die Straße gelangten, war es bereits dunkel. Schulter an Schulter gingen wir nebeneinander her, bis zum Wagen. Nur unsere Atemzüge und das

Geräusch unserer Schritte waren in der Stille zu hören. Tenzin suchte den Autoschlüssel.

»Wann gehst du ins Krankenhaus?«, fragte ich leise.

»Gleich in der ersten Ferienwoche.«

»Für wie lange?«

»Nur für ein paar Tage.«

»Kann ich dich besuchen?«

Er lächelte; ich sah das Aufblitzen seiner weißen Zähne in der Dunkelheit.

»Ich freue mich, wenn du kommst.«

KAPITEL 11

Aus der Wohnung klangen laute Stimmen, Musik und Gelächter. Ich schloss die Tür auf. Flackerndes Licht fiel in den Gang. Der Fernseher lief: eine Quiz-Sendung. Auf dem Sofa saßen Doris und Clemens. Die Luft war stickig vom Rauch. Meine Mutter sah vorwurfsvoll auf.

»So spät?«

»Ach, wir haben diskutiert.«

Clemens schenkte mir ein heiteres Lächeln.

»Wie war's denn im Kloster?«

»Fromm.«

Ich ging zum Kühlschrank, schenkte mir eine Cola ein und trank. Doris kam hinter mir in die Küche, offenbar in versöhnlicher Stimmung.

»Du siehst seltsam aus. Fühlst du dich nicht wohl?«

»Doch, ich bin nur müde.«

»Dann wäre vielleicht ein heißer Tee jetzt besser für dich.«

»Eine Cola ist schon in Ordnung.«

»Hast du etwas gegessen?«

»Ich habe keinen Hunger.«

»Du musst doch etwas essen.«

»Ich bin sowieso zu fett.«

Ich stellte das Glas in die Spüle und wollte im Flur verschwinden.

»Wohin gehst du?«

»Schlafen«, sagte ich und fügte bissig hinzu: »Wenn ich das kann, bei diesem Lärm.«

Als ich mich in meinem Zimmer auszog, hörte ich, dass sie den Fernseher leiser gestellt hatten. Ich ging schnell unter die Dusche, zog das lange T-Shirt an, das ich als Nachthemd verwendete, und legte mich ins Bett. So viel war heute geschehen, so viel, über das ich nachdenken musste. Aber jetzt war ich müde. In der Dunkelheit lag ich da und spürte, wie ich atmete. Und plötzlich sah ich Tenzin ganz deutlich vor meinen Augen. Ob ich sein Gesicht wohl je wieder vergessen würde? – Dein Gesicht vielleicht, dachte ich, aber dich nie, dich niemals ... Mit diesem Gedanken schlief ich ein.

Am nächsten Morgen ging ich wie eine Mondsüchtige in die Schule. Meine Welt war aus den Fugen geraten. Ich wusste, dass es noch eine andere Welt gab. Aber wie sollte ich beide verbinden?

Die anderen Schüler kamen mit dem Fahrrad oder strömten aus der Straßenbahn. Das übliche Geschrei, das übliche Gedränge. Hinter mir klingelte es: Jessica holte mich ein, schob ihr Rad neben mir her.

»Du, Stefan geht wieder in den *Blauen Keller*. Der Kerl kann einfach nicht die Finger davon lassen.«

»Ist nicht mein Problem«, sagte ich.

Sie sah mich neugierig von der Seite an.

»Hast du dich wieder mit deinem Tibeter getroffen?«

Ich nickte. Sie blinzelte erwartungsvoll.

»Und?«

»Wir waren eingeladen. Zu einem Fest.«

»Spannend?«

»Es geht.«

»Gutes Essen wenigstens?«

»Hamburger mit Ketchup.«

Sie lachte.

»Das glaubst du doch wohl selber nicht!«

Ich wollte über Tenzin nicht reden. Da waren zu viele Dinge passiert, die sie überhaupt nicht begreifen konnte. Es kam mir so vor, als ob ich plötzlich auf einem Berg stand – auf dem Himalaja von mir aus – und auf die anderen hinabblickte, die noch unten im Tal waren. Ein komisches Gefühl, aber es war da. Und ich wusste noch nicht genau, wie ich damit umgehen sollte.

Am Abend klingelte das Telefon. Tenzin. Doris schob gerade Ravioli in den Ofen, und Clemens mischte die Salatsauce. Ich nahm den Apparat, lief damit in mein Zimmer und knallte die Tür mit einem Fußtritt zu.

»Ich bin froh, dass du anrufst.«

»Ich auch.« Tenzins Stimme klang atemlos. »Ich hatte Sehnsucht nach dir, den ganzen Tag. Das ist kein Leben, ich denke ja nur noch an dich …«

»Mir geht es genauso«, sagte ich. »Das ist eine große Scheiße.«

Er lachte. Ich lachte auch.

»Bist du glücklich?«, fragte er.

»Ja, sehr. Und du?«

»Ich habe dir noch so viel zu erzählen«, sagte er.

»Ich auch.«

»In der Schule baue ich nur Mist«, fuhr er fort. »Ich kann mich nicht konzentrieren.«

»Wir hätten uns besser nie kennen gelernt«, meinte ich.

»Das haben wir jetzt davon.«

Für eine Weile war es ruhig in der Leitung.

»Chimi hat mich vorhin angerufen«, sagte Tenzin dann.

»Die Chinesen haben den Schweizer Tibeterinnen jetzt die Teilnahme an der Weltfrauenkonferenz ganz und gar verboten.«

»Und was wird Chimi machen?«

»Sie organisiert einen Hungerstreik. Auf der Zürcher Bahnhofstraße.«

Ich traute meinen Ohren nicht.

»Ganz alleine?«

»Nein, mit ein paar anderen Frauen. Vier Tage lang.«

»Ich finde Chimi großartig«, sagte ich.

»Sie lässt sich nicht einschüchtern. Von irgendwelchen Politikern schon gar nicht.«

»Ich würde sie gerne näher kennen lernen. Vielleicht sollte ich mich einfach mal mit ihr treffen«, beschloss ich. »Und, Tenzin ...«

»Ja?«

Ich zögerte, doch nur kurz.

»Ich glaube, ich weiß jetzt endlich, was ich will.«

»Sagst du es mir?«

»Ja – ich will auf der Schule bleiben. Abitur machen und Medizin studieren. Und später nach Indien gehen und den Flüchtlingen helfen.«

Seine Stimme klang seltsam rau.

»Hat das etwas mit gestern zu tun?«

»Ja, die Idee ist mir gestern gekommen. Und ich denke, dass ich dazu fähig bin. Ich bin stur genug.«

Er antwortete leise:

»Du fehlst mir so.«

Mein Herz schlug heftig. Ich lag auf dem Bett und schloss die Augen.

»Du mir auch. Genauso.«

Am nächsten Tag, nach der Schule, fuhr ich in die Stadt und ging in das Reisebüro, in dem Chimi arbeitete. Sie war gerade mit einem Ehepaar beschäftigt, das nach Agadir fliegen wollte. Dabei sah man den beiden genau an, dass sie sich dort einen Sonnenbrand holen würden und Olivenöl nicht vertrugen. Ich setzte mich auf einen Lederhocker und wartete. Chimi saß vor ihrem Computer, den Rücken kerzengerade. Ihre schmalen Hände mit den perfekt lackierten Nägeln tanzten über die Tastatur. Sie trug eine rosa Seidenbluse, eine Hose im gleichen Farbton. Ihr blauschwarzes Haar, von einer Spange gehalten, fiel ihr über den schmalen Nacken. Sie wirkte sehr zart, sehr zerbrechlich; aber ich kannte sie besser.

»Warum machen solche Leute eigentlich immer dort Ferien, wo es ihnen ganz sicher nicht gefällt?«, fragte ich, als das Ehepaar draußen war.

Chimi zeigte zwei Reihen perlweißer Zähne.

»Das frage ich mich auch.«

Das Reisebüro schloss um sechs. Die Mitarbeiter schalteten ihre Computer aus, holten ihre Sachen im Hinterraum. Chimi ging ihren Lippenstift auffrischen. Dann kam sie zurück, eine weiße Ledertasche baumelte an ihrer Schulter. Chimi war größer als ich, schick wie ein Model. Neben ihr kam ich mir grob und ungepflegt vor.

»Wollen wir einen Eiskaffee zusammen trinken? Hast du Lust?«, fragte sie.

Auf der anderen Straßenseite war ein Café. Bunte Sonnenschirme waren aufgestellt, fast jeder Tisch war besetzt. Aber wir hatten Glück, als wir kamen, gingen gerade zwei Leute. Wir setzten uns. Der italienische Kellner eilte herbei. Chimi gab die Bestellung auf und lächelte mich an.

»Nett, dass du mich abholst.«

»Tenzin hat angerufen und mir die ganze Geschichte erzählt. Planst du wirklich einen Hungerstreik?«

Sie zog ihre zierliche Nase kraus.

»Es wäre wichtig für uns gewesen, nach Peking zu gehen. Aber die chinesische Regierung hat Angst vor uns Tibetern, eigentlich ist es zum Lachen. Ich habe mit Schweizer Frauenorganisationen Kontakt aufgenommen. Die werden unser Material nach Peking schmuggeln und dort ausstellen. Je peinlicher das alles für die Chinesen ist, umso besser. Im Westen hat man jetzt endlich kapiert, was in Tibet damals los war. Noch vor zwanzig Jahren galt es hier als schick, sich marxistisch zu geben. Man schwärmte für Mao Zedong. Aber vor einer Nation wie China, wo die erstgeborenen Mädchen tatsächlich umgebracht werden, sollte man nicht katzbuckeln, auch nicht der Marktwirtschaft zuliebe. Kleine Mädchen sind die Mütter von morgen, das Wichtigste auf der Erde. Und Frauenrechte sind Menschenrechte. Wer das nicht begreift, lebt in der Steinzeit.«

Chimi löffelte ihren Eiskaffee, lächelte zauberhaft – und aus ihrem Mund kamen Bomben.

»Und was willst du tun?«, fragte ich.

»Ich habe die Medien benachrichtigt. Die Presseagenturen wollen einen Fotografen schicken, das Schweizer Fernsehen wird auch da sein. Wenn es nicht regnet, übernachten wir draußen, in einem Schlafsack. Wir werden vier Tage nur Wasser trinken. Eine Toilette gibt es in der Unterführung am Bahnhof. Eine Ärztin wird uns betreuen. Natürlich werden wir an dem Verbot nichts ändern. Aber immerhin zeigen wir, dass wir Widerstand leisten.«

»Du bist ganz schön selbstsicher.«

»Ich bin eine Tibeterin.«

Ich lächelte sie an. »Ich auch.«

Sie lächelte zurück.

»Hattest du Zweifel?«

Ich spürte, wie meine Wangen heiß wurden.

»Übrigens … Tenzin hat mir von seinen Eltern erzählt.«

Sie hob die Brauen.

»So? Hat er das? Sonst redet er nie davon.«

Ich schlürfte den Kaffee durch meinen Strohhalm.

»Ich musste dabei weinen.«

Chimis ausdrucksvolles Gesicht verfinsterte sich. Sie seufzte.

»Ja, die Geschichte geht einem ziemlich unter die Haut. Tenzin hat einiges durchgemacht. Aber viele Tausende haben Ähnliches erlebt. Zum Schluss ist es nichts Besonderes mehr. Und was uns nicht umbringt, macht uns stark …«

»Glaubst du, dass er irgendwann wieder richtig gehen kann? Ich mache mir Sorgen um ihn.«

»Das brauchst du nicht. Dr. Marti betreut ihn schon seit Jahren.«

Ich fühlte das Blut in meinen Schläfen pochen.

»Er ist der tapferste Junge, den ich kenne!«

Sie neigte sich über den Tisch, hatte ein Lachen in den Augen.

»Das solltest du ihm lieber selbst sagen. Da wäre er mächtig stolz!«

Ich pustete in meinen Eiskaffee. Chimi blinzelte mir zu.

»Tenzin kann sehr verschlossen sein. Aber er hat mir gesagt, dass er dich mag.«

Ich hob ruckartig den Kopf. Meine Stimme zitterte.

»Red keinen Stuss!«

»Dafür werde ich nicht bezahlt.«

»Du machst dich lustig über mich.«

Sie legte ihre schmale Hand auf meine.

»Nein. Und ich finde, dass er keinen schlechten Geschmack hat.«

KAPITEL 12

Der Hungerstreik der Tibeterinnen wurde in der Tagesschau übertragen. Etwa zehn Frauen saßen auf Schlafsäcken vor dem Bahnhofsgebäude am Boden. Die meisten von ihnen waren ältere Frauen, Chimi war eine der jüngsten. Alle waren, trotz des warmen Wetters, mit Windjacken und Decken ausgerüstet. Man hatte einen Informationsstand aufgestellt, zwei Tibeterinnen verteilten Flugblätter. Die Passanten zeigten viel Interesse und Sympathie, sie unterschrieben die tibetische Petition. Einige brachten Blumen und Getränke. Chimi erschien kurz auf dem Bildschirm. Sie erklärte, dass die tibetische Frauenorganisation in der Schweiz ein Protestschreiben an den Bundesrat und an die chinesische Botschaft gerichtet habe. Darin werde vermerkt, dass die Chinesen die Menschenrechte verletzten und die internationale Konvention gegen Folter missachteten, indem sie die Tibeter menschenunwürdig und grausam behandelten. Ich war stolz auf Chimi, die sich so stark für unser Land engagierte.

Am Samstag gingen Tenzin und ich zur Bahnhofstraße. Es war bald Ladenschluss. Die Leute hatten für das Wochenende eingekauft und hasteten vorbei. Die Streikenden hatten ihre Aktion beendet, packten mit müden Gesichtern ihre Sachen zusammen. Chimi war blass im Gesicht, mit tiefen Ringen unter den Augen. Sie erhob sich auf schwankenden Knien und lächelte mir zu. Ich umarmte sie.

»Bist du müde?«

»Ja, sehr.«

»Zufrieden?«

Sie grinste wie eine Schülerin, die sich über einen gelungenen Streich amüsiert.

»Und ob! Übrigens, wie war ich im Fernsehen?«

Tenzin lächelte.

»Überzeugend!«

»Ich bin froh, dass ihr endlich merkt, dass ich auch überzeugend sein kann ...«

Sie versuchte mit beiden Händen, ihr strähniges Haar zu glätten.

»Jetzt ein heißes Bad. Und am liebsten würde ich gleich eine Pizza verschlingen. Aber die Ärztin hat gesagt, zuerst eine Gemüsesuppe, sonst wird uns schlecht.«

Später am Abend sagte ich zu Tenzin:

»Es ist seltsam, weißt du. Ich habe als Adoptivkind nie gelernt, eine richtige Tibeterin zu sein.«

»Und dann hast du begonnen, darüber nachzudenken.«

»Gleich nachdem ich Chimi traf und deine Familie kennen lernte. Es hört sich vielleicht idiotisch an, aber irgendwie hatte ich sofort das Gefühl, dass ich zu euch gehöre.«

»Das ist normal«, sagte er.

In seiner gelassenen Art lag etwas, das mich beruhigte. Ich hatte eine ganz seltsame Empfindung: als ob er meine Seele zu sich holte, sie wärmte und neu formte, bevor er sie wieder mit mir vereinte.

Es war inzwischen sieben Uhr geworden. Tenzin nahm mit mir die Straßenbahn. Er wollte mich nach Hause bringen. Die Trennung fiel uns jedes Mal schwerer. Als wir ausstiegen, drückte ich seine Hand.

»Da oben wohne ich, in der vierten Etage.«

Unsere Blicke begegneten sich. Ich zögerte, doch nur einen Atemzug lang.

»Bei mir ist keiner da. Doris und Clemens sind zu einer Party eingeladen.«

In der Wohnung war alles still, oberflächlich aufgeräumt. Zigarettenrauch hing in der Luft, und in einer Papiertasche im Gang standen leere Weinflaschen.

»Clemens wohnt jetzt seit zwei Wochen hier«, sagte ich.

»Er hat mir einen teuren Lippenstift geschenkt und ist wirklich ziemlich nett zu mir. Aber ich kann mich nicht an ihn gewöhnen. Nachts schließe ich mich jetzt immer ein, so wie du gesagt hast.«

Er runzelte die Stirn.

»Deine Mutter … versteht sie sich gut mit ihm?«

»Ja, ich nehme an. Nach der Scheidung war sie sehr reizbar. Im Großen und Ganzen ist es jetzt besser. Willst du eine Cola?«

Wir holten die Büchsen aus dem Kühlschrank und öffneten sie. Tenzin schien zu überlegen.

»Vielleicht solltest du dich wirklich in Acht nehmen. Vor Clemens, meine ich.«

Ich spürte plötzlich, wie ich fröstelte.

»Wie kommst du jetzt darauf?«

»Einfach so«, sagte er. »Weil ich nicht will, dass du Scherereien hast.«

Ich trank meine Cola und wischte mir über das Kinn. Komisch, dass er das sagte. Auch ich hatte manchmal das Gefühl, dass Clemens auf irgendeine Art gefährlich für mich werden könnte.

»Ich passe schon auf«, sagte ich.

Wir stellten unsere Dosen auf den Tisch und umarmten uns; unser Kuss schmeckte nach Cola. Ich flüsterte:

»Komm!«

Durch die Lamellen der Jalousie vor meinem Fenster schien die Abendsonne herein; sie tauchte das Zimmer in ein Streifenmuster aus Licht und Schatten. Ich war froh, dass ich gestern mein Bett frisch überzogen hatte. Die Matratze federte leicht unter unserem Gewicht, als wir uns auf die Bettkante setzten. Dies war ein neuer Abschnitt in unserem Leben, unausweichlich.

Tenzin hatte Gummis dabei. »Chimi hat gesagt, willst du, dass die Mädchen dich toll finden, oder nicht?« Sein Gesicht schwebte dicht über meinem, während wir uns liebten. Ich spürte das Zittern seiner Haut, als wäre es meine eigene. Seine Wimpern flatterten an meiner Wange, unsere Herzen schlugen gleichzeitig. Vielleicht würde es immer so bleiben, vielleicht auch nicht. In diesem Moment konnten wir das nicht beurteilen. Unser Leben war ein langer Weg in die Ferne. Wir wussten nur, dass wir zusammengehörten, jetzt, in diesem Augenblick.

KAPITEL 13

Ferien. Zeugnisse. Und dann der Krach mit meiner Mutter, schon wieder. Aus Gründen, die mir nicht einleuchteten und mich rasend machten, wollte sie nach wie vor nicht, dass ich auf der Schule blieb. Es musste mit ihrer verpfuschten Jugend zusammenhängen. Vielleicht war sie eifersüchtig, weil ich jetzt so genau wusste, was ich wollte, und lautstark darauf beharrte. Sie selbst hatte das nicht geschafft. Sie trug so viele unerfüllte Wünsche mit sich herum, ihr Leben war ganz anders verlaufen. Zu meinem Zeugnis sagte sie:

»Herzlichen Glückwunsch! Clemens freut sich bestimmt auch. Damit kannst du gleich bei Herrn Peter anfangen.« Ich dachte, der muss man wohl alles mit dem Holzhammer beibringen, und erwiderte unwirsch: »Jetzt sind erst mal Ferien. Und ich habe dir oft genug gesagt, dass ich Abitur machen will. Nimmst du das überhaupt zur Kenntnis?«

»Ich will nicht mehr darüber reden«, sagte sie.

»Warum siehst du immer nur deinen eigenen Standpunkt? Ich habe auch was dazu zu sagen!«

Sie stellte die Teller in die Spülmaschine, dass es laut klirrte. »Warum ich bloß meinen Standpunkt sehe? Weil es der vernünftige ist! Wir haben nur das Geld, das ich verdiene. Ich kann dir kein Studium finanzieren. Clemens hat auch Schulden, die muss er erst bezahlen, bevor er neu anfangen kann. Ich habe ihm versprochen, dass ich mithelfe.«

Ich starrte sie an.

»Davon wusste ich nichts.«

»Musst du denn immer alles wissen?«, gab sie zurück. »Clemens hat einen Kredit bei mir aufgenommen. Er musste ja ein Büro mieten, die Räume einrichten, sich einen besseren Wagen anschaffen. Wie soll er sonst seine Kunden besuchen?«

Mein Mund war plötzlich ganz trocken.

»Und du gibst ihm das Geld?«

»Zwanzigtausend. Nur als Darlehen«, fügte sie schnell hinzu. »Er zahlt sie mir zurück, sobald das Geschäft läuft.«

»Das darf doch nicht wahr sein«, sagte ich. »Für ihn hast du Geld und für mich nicht.«

Sie zündete sich eine Zigarette an.

»Das ist nicht dasselbe. Du hast nicht so viel Pech gehabt wie Clemens, und du kannst dir dein Leben noch einrichten, wie du willst. – Und irgendwann heiratest du sowieso.«

»Egal, ob ich heirate oder nicht – ich will Medizin studieren! Und Ärztin werden. Und nach Indien gehen.«

Sie hob die Zigarette an die Lippen, tat langsam einen Zug.

»Sag mal, wer hat dir diese Schnapsidee in den Kopf gesetzt? Deine tibetischen Freunde?«

»Nein, Frau Richter.«

Meine Mutter lachte kurz und wütend auf.

»Ich habe es ja schon immer gesagt, die Frau

spinnt. Kein Wunder, sie kommt ja bald in die Wechseljahre.«

»Sieh dir das Zeugnis an«, sagte ich. »Chemie. Physik. Mathe. Dreimal ›sehr gut‹. Ist das etwa nichts?«

Sie lief rauchend auf und ab. Die Küche war blau vom Zigarettenqualm. Allmählich beruhigte sie sich.

»Klar, das ist eine tolle Leistung, ich bin ja auch stolz auf dich. Aber im Augenblick habe ich finanzielle Probleme, das musst du doch verstehen.«

»Dein Problem heißt Clemens.«

»Vielleicht – wenn du es so nennen willst.«

Ich geriet in Zorn.

»Und jetzt soll ich seinetwegen auf mein Abitur verzichten?«

Sie schluckte.

»Hör auf, über Dinge zu reden, von denen du keine Ahnung hast. Mach erst mal deine Lehre. Später sehen wir weiter.«

»Ich denke nicht daran!«

Damit waren wir wieder am Ausgangspunkt angelangt. Wir standen uns gegenüber, wie zwei Feindinnen. Ich hielt ihrem Blick stand. »Ich mache Abitur, und dabei bleibt's!«

»Und ich sage dir, dass es nicht geht. Wäre Paul nicht seine eigenen Wege gegangen …«

»… und Clemens nicht da …«

»… wäre alles anders. Aber so …«

Sie stockte und wandte den Blick ab.

Ich atmete den blöden Zigarettenqualm ein.

»Keine Angst, du brauchst mir das Geld nicht zu geben. Frau Richter hat gesagt, dass ich ein Stipendium bekommen kann. Und abends jobbe ich in einer Kneipe, wenn es sein muss. Dann habe ich schon genug Geld.«

»Schlag dir die Sache aus dem Kopf.«

Der Schlüssel drehte sich im Schloss. Clemens.

»Hallo, hallo, ihr beiden! Wie geht's?«

»Hallo, schön, dass du da bist!« Meine Mutter fuhr sich mit der Hand durch ihr Haar, setzte ein strahlendes Lächeln auf. »Alice hat gerade ihr Zeugnis bekommen. Willst du es sehen?«

Sie gab es ihm. Er stieß einen bewundernden Pfiff aus.

»Toll, wirklich! So ein kluges Köpfchen!«

»Nicht wahr?«, erwiderte ich bissig. »Und mit dem werde ich auch mein Abitur machen.«

»Ein Bier, Clemens?«, fragte meine Mutter. Ich ging in mein Zimmer und knallte die Tür zu. Dann warf ich mich aufs Bett und heulte ins Kopfkissen, eine ganze Weile lang und beinahe geräuschlos.

»Mit dem Verreisen wird es diesmal nichts«, hatte meine Mutter gesagt. »Aber du hast ja deine Freunde hier.«

Im August sollte der Schreibwarenladen renoviert werden. Die Mitarbeiter bekamen eine Woche Urlaub. Doris wollte mit Clemens in die Provence fahren. Ich sollte inzwischen bei Paul und Barbara wohnen. Die waren jetzt verheiratet. Ich war nicht zur Hochzeit gegangen, hatte ihnen aber einen Blumenstrauß mit einer Glückwunschkarte geschickt. Meine Mutter hatte nicht einmal einen Gruß dazugeschrieben. Sie war zutiefst beleidigt. Am Telefon sagte mir Paul, dass Barbara jetzt im siebten Monat und nicht mehr sehr beweglich sei.

»Sie fühlt sich in den Bergen am wohlsten. Wir fahren deshalb für drei Wochen nach Celerina. Mitte August sind wir wieder da. Wir freuen uns, dich dann zu sehen.«

Tenzin hatte für sein Examen gebüffelt, sogar nachts, und die Prüfungen bestanden. In einer Woche würde ihn Chimi nach Sankt Gallen ins Krankenhaus bringen. Der Arzt wollte ihn gleich zu Beginn der Ferien operieren und ihn dann physiotherapeutisch behandeln. Wenn die Kurse an der Uni anfingen, würde Tenzin wieder auf dem Damm sein.

Am letzten Tag vor seiner Abreise fuhren wir mit der S-Bahn bis nach Küsnacht und gingen am Zürichsee spazieren. Der See war blau wie der Himmel, Segelboote zogen vorbei. Das Brausen des Verkehrs klang gedämpft vom anderen Ufer zu uns herüber. Wir suchten eine Stelle, wo wir allein waren, legten uns unter einen Baum. Insekten summten, das Sonnenlicht funkelte durch die Zweige. Es roch nach Wasser und nach Gräsern. Ich drückte behutsam den Kopf an Tenzins Knie.

»Tut es weh?«

Er lachte leise.

»Ich bin nicht aus Porzellan.«

»Hast du keine Angst vor der Operation?«

»Nein. – Und außerdem wird es ja die letzte sein.«

Er strich mit den Fingern durch mein Haar. Ich dachte, dieser Augenblick wird mir auf ewig in Erinnerung bleiben.

»Wenn ich wieder in Zürich bin«, sagte er, »müssen wir ganz viel zusammen unternehmen. Ich will ja schließlich auch noch etwas von den Ferien haben.«

»Aber nicht Marathonlaufen oder Bergsteigen«, sagte ich.

Er lachte.

»Nein, erst im nächsten Jahr.«

»Da hab ich dann nicht viel Zeit, da muss ich Geld verdienen«, sagte ich. »Sonst kann ich kein Abitur machen.«

Er zwinkerte mit beiden Augen gleichzeitig.

»Selber schuld!«

»Ich bin nun mal ehrgeizig.«

»Aber es macht dir ja Spaß.«

»Klar macht es mir Spaß. Und ich werde Herrn Peter schreiben, dass ich die Lehrstelle nicht in Anspruch nehme.«

»Ohne deine Mutter zu fragen? Das ist sehr untibetisch.«

»Ich bin assimiliert.«

»Ja, das hat auch seine Vorteile ...!«

Wir lachten beide. Doch als ich von meiner Mutter und Clemens erzählte, wurde er nachdenklich.

»Ich glaube, der Mann nutzt sie aus, und sie merkt es nicht.«

»Das ist sonnenklar, aber wie soll ich es ihr beibringen? Sie hört ja nicht auf mich.«

»Natürlich nicht. Das muss sie schon selber herausfinden.«

Ich seufzte.

»Die ist mit Blindheit geschlagen. Die kapiert's

nie – es sei denn, es gibt irgendwann mal einen großen Knall.«

»Na, hoffentlich gibt es den bald«, meinte Tenzin, »bevor es zu spät ist.«

Er beugte sich über mich; ich drehte mein Gesicht zu ihm hin. Er drückte seine Lippen an meine Wangen, küsste dann zart meinen Mund. Nach einer Weile sagte er:

»Weißt du, es ist ganz schön bequem, bei der Amla zu wohnen. Da brauche ich mich nur an den gedeckten Tisch zu setzen. Die macht sogar mein Bett, wenn ich anderes im Kopf habe. Chimi sagt, das geht so nicht weiter. Sie will keinen Schweizer Chauvi in der Familie. Und Chimi hat Recht. Sie hat den Anfang gemacht. Sie wohnt nicht mehr bei uns, sondern allein, in der Stadt. Du weißt, dass wir Tibeter eigentlich großen Respekt vor den Eltern haben. Und die Amla ist auch sehr großzügig. Aber in manchen Dingen doch ziemlich altmodisch. Wir wollen sie nicht vor den Kopf stoßen. Chimi und ich finden es trotzdem wichtig, dass wir unser eigenes Leben führen. Sobald ich den ganzen Kram hinter mir habe, werde ich auch jobben und mir eine eigene Wohnung leisten.«

»Gute Idee! Dann können wir uns öfter sehen.«

»Und sogar zusammen wohnen. Was meinst du?«

Ich kannte ihn inzwischen gut. Er sagte solche Dinge nicht leichthin. Er hatte sich Zeit genommen, darüber nachzudenken. Ich lächelte ihn an, verstrickte meine Finger in seine.

»Wenn wir uns gut verstehen.«

»Und wenn ich dir mal auf die Nerven gehe?«

»Dann knalle ich dir die Nudeln ins Gesicht und verschwinde.«

»Ich sehe schon, ich muss mich zusammennehmen.«

Er küsste mich, und ich küsste ihn wieder. Ein paar Atemzüge lang genossen wir das Gefühl, die Wärme und Nähe des anderen zu spüren. Ich legte mein Gesicht auf seine Brust, umfasste ihn mit beiden Armen.

»Glaubst du, dass wir später zusammen arbeiten können?«

»Aber sicher«, hörte ich ihn sagen. »Unsere Exil-Regierung braucht Unterstützung. Täglich kommen Flüchtlinge über die tibetische Grenze. Sie erzählen, was ihnen passiert ist, ihnen und ihren Freunden im Gefängnis. Eine Horrorgeschichte nach der anderen. Aber ich glaube, wir sollten trotzdem immer daran denken, dass wir nicht nur der tibetischen Sache dienen ...«

Wenn er so redete, merkte ich genau, dass er ein paar Jahre älter war als ich.

Ich hob das Gesicht.

»Was meinst du damit?«

Er streichelte mein Haar, nachdenklich.

»Wir arbeiten damit auch für die Gerechtigkeit und den Frieden auf der ganzen Welt. Jeder Mensch trägt ein Stück Verantwortung für diesen Frieden. Der Dalai-Lama erinnert uns immer daran, dass jeder einzelne von uns die Grundlage für eine bessere Zukunft schaffen kann. Was ganz klein in uns beginnt, wird dann auch im Großen wirken. Wenn das nicht so wäre – welchen Sinn hätte dann unser Leben?«

KAPITEL 14

Das Wetter war seit ein paar Tagen hochsommerlich. Hitzedunst, schmelzender Asphalt und überall trockene Rasenflächen. Der Himmel war blass, die Häuser fahl, die Straßen ohne Schatten. An diesem Morgen kam ich in schlechter Laune zum Frühstück. Ich war nervös. Heute fuhr Chimi mit Tenzin zum Krankenhaus. Man würde bei ihm alle nötigen Untersuchungen durchführen. Die Operation fand am nächsten Morgen statt. Chimi würde bei einer Freundin in Sankt Gallen übernachten und warten, bis er aus der Narkose erwachte. Irgendwie musste ich diese Tage durchstehen. Vor meinem inneren Auge flimmerte ein ganzer Horrorfilm: Die Operation missglückte, Tenzin konnte nicht mehr gehen, musste sein Leben im Rollstuhl verbringen. Chimi hatte versprochen, mich nach der Operation sofort anzurufen.

»Du sagst mir doch, wie alles verlaufen ist, okay? Sonst drehe ich durch!«

Ihre beruhigende Stimme klang mir jetzt noch im Ohr.

»Glaubst du denn, ich lasse dich zappeln?«

Meine Mutter sah schon frühmorgens rot und verschwitzt aus.

»Puh, ist das heiß! Ich habe schon jetzt geschwollene Füße.«

Sie legte einen Filter in die Kaffeemaschine, zündete sich ihre erste Zigarette an. Ich deckte wortlos den Tisch. Gestern hatte ich meine Lehrstelle bei Herrn Peter abgelehnt. Mit einem eingeschriebenen Brief. Tenzin hatte mir geholfen, meine Absage gut zu formulieren. Meine Mutter wusste von nichts. Irgendwann würde sie ihr Chef sicher darauf ansprechen. Der große Showdown kam bestimmt, wenn nicht heute, dann morgen.

Clemens schlurfte gähnend und mit nassem Haar aus dem Badezimmer, in leichten Leinenhosen und T-Shirt.

»Morgen, Alice. Sei froh, dass du Ferien hast. Leider muss ich arbeiten. Was mir fehlt, ist eine hübsche, tüchtige Sekretärin ...«

Er zwinkerte meiner Mutter zu.

»Spätestens im Februar weiß ich, ob das Geschäft läuft. Dann kündigst du bei Peter und machst bei mir die Buchhaltung.«

»Gratis?«

Er lachte, schob zwei Scheiben Weißbrot in den Toaster.

»Keine Sorge! Ich zahle dir einen angemessenen Lohn.«

Doris rauchte und trank ihren zweiten Kaffee.

»Wir machen Überstunden«, sagte sie. »Inventur. Ausgerechnet heute!«

»Schon für den Umbau?«

Sie nickte.

»Bis neun. Der Chef ist groß am Organisieren. Mir graut davor. Bei dieser Hitze!«

»Ich beneide dich nicht«, sagte Clemens.

Der Toaster warf geröstetes Brot aus. Clemens legte eine Schnitte auf Doris' Teller und nahm sich selbst die zweite. Ich roch sein Aftershave, gemischt mit der süßlichen Ausdünstung seiner Achseln. Dieser Geruch war einfach unerträglich. Mir drehte sich fast der Magen um.

»Willst du keinen Toast?«, fragte Clemens.

Ich schüttelte den Kopf, nahm mir eine Scheibe Schwarzbrot, ohne Butter, kaute langsam, kostete den herben Geschmack. Doris drückte ihre Zigarette aus.

»Das Fräulein hat immer Extrawünsche.«

Nach dem Frühstück wollte Clemens das Geschirr abräumen, aber Doris sagte:

»Lass nur, Alice hat jetzt jede Menge Zeit. Irgendwie muss sie ihre überschüssigen Kräfte ja loswerden.«

Sie gingen; plötzlich wurde es still in der Wohnung. Viel zu still für meinen Geschmack. Ich stellte das Radio so laut, dass die Nachbarn es hören mussten, riss das Fenster weit auf und ließ frische Luft in die Küche. Auf einmal hatte ich Hunger. Ich verschlang zwei Schnitten Schwarzbrot, mit viel Marmelade und Butter. Als ich Clemens' Tasse in die Spülmaschine stellen wollte, glitt sie mir aus den Händen und fiel auf die Fliesen.

»Scheiße!«

Doris würde sofort merken, dass eine Tasse fehlte. Ich holte Handbesen und Kehrschaufel und fegte die Scherben zusammen. Ich lüftete überall, brachte mein Bett in Ordnung, stopfte Wäsche in die Waschmaschine. Im Wohnzimmer waren die Sofakissen zerknautscht, zwei leere Bierflaschen standen da, und auf dem Glastisch waren klebrige Ringe. Ich trug die Bierflaschen in die Küche, hantierte mit dem Staubsauger, klopfte die Kissen aus und wischte den Tisch ab. Es war, als ob ich Clemens' Spuren beseitigen wollte; aber die Spuren waren überall, in der ganzen Wohnung. Im Badezimmer reinigte ich das Waschbecken, die Badewanne und das WC, fegte die Haare auf dem Boden zusammen und bemühte mich, Clemens' Zahnbürste dabei nicht zu berühren. Vor seinem Zimmer blieb ich stehen; dann legte ich die Hand auf die Klinke. Die Tür knirschte leise, sprang auf. Mein Atem flog. Die Luft war warm und stickig, das Bett ungemacht, die Aschenbecher voller Kippen. Überall lagen Klamotten verstreut. Mein Blick fiel auf sein Videogerät auf dem Tisch, auf alle möglichen Objektive und Blenden. Ein paar Filmkassetten lagen auch da. Ich sah sie mir genauer an. Aha, Pornofilme. Na gut, wenn es ihn anturnte. Ich ging aus dem Zimmer und machte schnell die Tür wieder zu.

Die grelle Sonne blendete; ich wischte mir den Schweiß von der Stirn. Ich wurde immer nervöser. Besser, ich verschwand aus der Wohnung, bevor ich noch mehr Scherben machte. Ich stopfte Bikini und Badetuch in meinen blauen Rucksack und warf ihn über die Schulter. Zehn Minuten später war ich im Schwimmbad. Schon um diese Zeit gab es fast mehr Menschen als Wasser im Becken. Kinder kreischten, ein Rauschen und Plätschern erfüllte die Luft. Jessica war mit ihren Eltern nach Spanien gefahren, aber ich traf einige andere Schüler, die ich kannte.

Ich blödelte mit ihnen herum und freute mich, dass ich schneller schwamm als die meisten von denen. Manche Jungen sind idiotisch eifersüchtig, wenn ein Mädchen etwas besser kann als sie. Ein paar von ihnen fielen heimtückisch über mich her, drückten mich unter Wasser und fummelten an meinem Bikini herum. Im Grunde ging es ihnen nur darum, zu beweisen, dass sie stärker waren als ich. Aber das waren sie nicht; jedenfalls nicht im Wasser.

Der Tag ging vorbei. Immerhin war ich abgelenkt worden, hatte nicht zu viel an Tenzin gedacht.

Als ich die Wohnungstür aufschloss, hörte ich, dass der Fernseher lief. Clemens war schon da, früher als sonst. Eine Bierflasche stand auf dem Tisch. Trotz der Hitze lief ein Schauer über meine Haut. Ich ließ den Rucksack fallen, schlüpfte aus meinen Turnschuhen. Barfuß trat ich ins Wohnzimmer. Clemens hob sein Glas zum Mund und lächelte mich an.

»Du hast nasses Haar«, stellte er fest.

»Ich war schwimmen.«

»Möchtest du auch ein Bier?«

Ich schüttelte den Kopf.

»Eine Cola?«

Er wartete nicht ab, ob ich ja oder nein sagte, sondern stand auf und ging in die Küche. Ich hörte ihn dort hantieren. Im Fernsehen lief ein Interview mit David Bowie. Nicht übel, der Typ. Ich ließ mich in die Kissen fallen und nahm kaum wahr, dass Clemens aus der Küche zurückkam. Das Sofa quietschte, als er sich neben mich setzte und mir das Glas reichte.

»Danke.«

Ich nahm zerstreut einen Schluck und merkte, dass er mich anstarrte. Ich wurde stocksteif, rückte leicht von ihm ab.

»Du bist ganz braun«, sagte er.

»Ich bin in der Sonne gewesen.«

»Den ganzen Tag? Doch hoffentlich nicht ohne Sonnenschutz?«

»So was nehme ich nie.«

»Sei nicht leichtsinnig. Das Ozonloch wird immer größer. Da, sieh mal, du hast ja schon einen Sonnenbrand.«

Er wies auf meine Schulter; ich wandte unwillkürlich den Kopf und schaute auf die Stelle, auf die er zeigte.

»Wo?«

»Hier.«

Seine Hand berührte meine Nacken. Ich empfand ein Gefühl plötzlicher Kälte und schüttelte mich.

»Ist doch nicht so schlimm.«

Er lachte halblaut, auf seine einnehmende Art.

»Du hast eine wunderschöne Haut. Du siehst bestimmt hübsch aus in deinem Bikini.«

Ich zuckte mit den Schultern.

»Es geht.«

»Auch ohne Bikini ...«, fügte er hinzu.

Der soll mir jetzt bloß nicht mit dieser Masche kommen, dachte ich.

»Quatsch!«

»Ich habe große Lust, dich mit Video aufzunehmen.«

»Im Bikini?«

Er lachte in sich hinein.

»Nein, lieber ohne.«

Ich starrte ihn an.

»Spinnst du?«

»Warum? Du bist schließlich wie meine Tochter. Wir sollten uns nicht voreinander schämen. Doris ist in diesen Dingen etwas prüde. Aber sie braucht es ja nicht unbedingt zu wissen, nicht wahr?«

Spätestens an diesem Punkt hätte ich aufstehen und gehen sollen. Stattdessen blieb ich sitzen, fassungslos und völlig verdutzt. Was redete er da eigentlich zusammen?

»Sie kommt ja heute später«, fuhr er fort. »Wir sollten die Gelegenheit nutzen. In meiner Kamera steckt gerade ein leerer Film. Du brauchst dich nur auszuziehen und auf das Sofa zu legen.«

»Was?«

Clemens redete weiter. Er wurde unruhig. Man merkte es an der Art, wie er sprach, einen Ton höher als gewöhnlich. Als ob er die Worte schon lange eingeübt hätte.

»Jetzt sind wir endlich allein. Ich wollte dir schon lange mal sagen, wie hübsch ich dich finde. Das ist so anziehend an dir, diese Mischung aus Zurückhaltung und Exotik. Und du bist kein unbeschriebenes Blatt mehr. Du hast schon mit Jungen geschlafen, nicht wahr? Ein Mann spürt diese Dinge. Komm, zieh dich aus! Du wirst sehen, wie das Spaß macht.«

Das kann doch nicht wahr sein, dachte ich. Ich zuckte zusammen, als er seine Hand über meine Brust wandern ließ, die Träger meines Tops von den nackten Schultern schob. Ein paar Atemzüge lang saß ich da, wie versteinert. Seltsam, wie gefasst ich plötzlich war. Sei ruhig, dachte ich, sei ganz ruhig. Das erwartet er nicht, das bringt ihn aus der Fassung. Er strich über meine Schenkel und begann, meine Shorts aufzuknöpfen. Er schwitzte, sein Geruch war kaum zu ertragen.

»Du darfst Doris nichts davon erzählen, klar? Das wird unser kleines Geheimnis bleiben …«

Mein Herz stand still. Meine Mutter! Ich musste sie vor diesem Kerl schützen, irgendwie. Sie durfte sich nicht mehr von ihm abhängig machen. Meine Verwirrung ließ nach, sodass ich mich selbst und Clemens wie in einem Spiegel beobachtete.

»Nein. Ich werde es ihr sagen.«

Er hob ruckartig den Kopf.

»Das wirst du nicht tun.«

»Doch.«

Sein Gesicht verzerrte sich. Er lachte leise und höhnisch.

»Doris wird dir nicht glauben. Kein einziges Wort. Das garantiere ich dir. Sie wird denken, du erfindest Lügengeschichten.«

»Von mir aus.«

Ein Schweißtropfen rann über seine Wange.

»Du Miststück«, zischte er. »Du wirst was erleben …«

Seine Finger krallten sich in mein Haar.

»Wenn du eine Dummheit machst und Doris nur ein Sterbenswörtchen erzählst, sorge ich dafür, dass du in ein Heim kommst. In eine Erziehungsanstalt. Adoptivkinder – man weiß doch, wie die sind …«

Er starrte mich an; die blauen Augen waren eiskalt. Komisch, wie ein Mensch sich verändern kann. Keine Spur von Freundlichkeit mehr, nur noch Bosheit und Wut. Er fürchtete mich, weil ich mich von ihm nicht einschüchtern ließ. Aber nun würde er sich rächen, mich bedrohen, mein Leben zur Hölle machen. Namenlose Angst befiel mich. Ich riss mich zusammen, mit aller Kraft.

»Ich erzähle es trotzdem.«

Er packte mich brutal am Kinn. Sein widerwärtiger Atem streifte mich. Ich schaute ihm starr in die Augen. Er durfte nicht merken, in welchem Zustand ich war.

»Du verdammte kleine Nutte!«

Mit der einen Hand hielt er mich fest, mit der anderen schlug er mir so heftig ins Gesicht, dass mir die Tränen kamen. Ich rollte mich herum, stieß ihn weg. Sein Rücken schlug gegen die Tischkante. Die Bierflasche fiel um; das Bier floss auf den Teppich. Ich war schon auf den Beinen, lief zur Tür, während er sich aufrappelte.

»Alice, warte! Es tut mir Leid. Komm, lass uns über alles reden ...«

Ich war schon draußen, im Gang. In fliegender Eile griff ich nach meinem Rucksack. Alles, was ich brauchte, steckte in der Tasche. Ich stemmte mich gegen die Wohnungstür, Clemens lief hinter mir her.

»Alice, wo willst du hin?«

Ich war schon im Treppenhaus, knallte ihm die Tür vor der Nase zu. Keine Zeit, den Aufzug zu holen. Ich rannte die Treppe hinunter, merkte, dass ich bis zum Gürtel nackt war, schob hastig die Träger meines Tops wieder hoch. Schuhe hatte ich keine an, aber das machte nichts.

Oben riss Clemens die Tür auf.

»Alice!«

Ich rannte atemlos weiter, die Stufen nahmen kein Ende. Jetzt der nächste Stock, noch einer, meine Knie waren weich wie Pudding. Es war noch hell, die schräge Sonne leuchtete ins Treppenhaus. Mein Schatten tanzte über die Wand an mir vorbei, als wollte er mir den Weg weisen. Endlich war ich unten, lief schweißnass durch die Halle, stieß die Haustür auf. Kühle Abendluft wehte mir entgegen. Hinter mir schnappte die Tür lautlos ins Schloss, während ich barfuß über die Straße lief.

KAPITEL 15

Der Asphalt war noch warm; ich spürte kleine Steinchen unter den nackten Fußsohlen. Wie blöd, dass ich ohne Schuhe losgerannt war! Der Verkehr hatte nachgelassen, der Himmel schimmerte kupfern. Es roch nach sommerlichem Laub, nach Staub und Auspuffgasen. Ich wollte nicht, dass Clemens mich an der Haltestelle stehen sah, und lief die Straße hinauf, bis zur Kreuzung. Die nächste Haltestelle war gleich um die Ecke. Ich verdrückte mich in einen Hauseingang. Zwischen zwei Schaufenstern war ein Spiegel. Schrecklich, wie ich aussah! Total aufgelöst und verschwitzt. Ich zitterte am ganzen Körper. Mein zerzaustes Haar fiel mir ins Gesicht. Meistens ging ich ohne Kamm aus dem Haus, jetzt hätte ich wirklich einen gebraucht. Dort, wo Clemens zugeschlagen hatte, war meine Wange geschwollen. Ich beugte mich vor, um besser zu sehen, befühlte behutsam die schmerzende Stelle. Ich brachte gerade mein Haar mit den Händen in Ordnung, als die Straßenbahn kam.

Bis zur Papeterie Peter dauerte die Fahrt zwanzig Minuten. Ich sah auf die Uhr. Halb neun. Hoffentlich kam ich nicht zu spät. Endlich war ich da. Ich stieg aus, lief über den Platz. Hier war Fußgängerzone; die Geschäfte hatten geschlossen, alle Schaufenster waren erleuchtet. Der laue Sommerabend hatte die Leute zum Spazierengehen verlockt. Cafés und Restaurants waren überfüllt, man saß unter freiem Himmel. Geschirr und Gläser klirrten. Ferienstimmung. Ein schönes Gefühl, aber nicht für mich. Ich schob mich durch die dichte Menge der Passanten. Die Papeterie Peter lag in einer der engen Straßen der Altstadt. Der Laden führte elegante Schreibwaren, originelle Geschenkartikel, Markenfüller, teure Postkarten, der Saison angepasst. Ich hoffte bloß, dass ich jetzt nicht dem Chef begegnen würde.

Das Geschäft war geschlossen, aber im Verkaufsraum brannte Licht. Einige Mitarbeiterinnen liefen hin und her. Ich klopfte an die Scheibe. Frau Mahr, eine Kollegin meiner Mutter, machte mir auf und ließ mich rein. Ihr Gesicht war blass, sie sah verschwitzt aus.

»Guten Abend, Alice. Du meine Güte, du wächst mir ja über den Kopf! Kommst du deine Mutter abholen?«

Ich nickte, da mir nichts Besseres einfiel. Trotz der Hitze im Laden klapperte ich mit den Zähnen. Je weniger ich redete, desto besser.

»Sie ist unten, im Lager«, sagte Frau Mahr. »Noch fünf Minuten, und wir sind fertig.«

Ich ging zwischen Tischen und Regalen durch den Raum, grüßte zwei andere Verkäuferinnen, die etwas in einen Ordner schrieben. Hinter der Tür fand ich eine Treppe, die nach unten führte. Die Wände waren ziemlich vergilbt, die Farbschicht blätterte schon ab. Unten im Lager waren überall Schachteln und Pakete aufgestapelt. Neonröhren brannten. Ein klebriger Schleier bedeckte meine Pupillen, ich sah alles nur in zerfließendem Weiß.

»Mami?«, krächzte ich.

Ich biss mir auf die Lippen, doch zu spät. Ich hatte Doris nicht bei ihrem Namen genannt, sondern »Mami« gerufen, wie ein Kleinkind. Hoffentlich hatte sie mich nicht gehört!

Leider doch.

»Alice?«

Sie trat zwischen Regalen hervor, auf denen sich die Ware stapelte. Ihr Gesicht wirkte müde, und ihre Wimperntusche war unter den Augen verwischt. Sie hielt einen Ordner in der Hand und trug eine Schürze über ihrer Hose.

»Was machst du hier?«, fragte sie verwundert. »Ich wollte gerade gehen. Warum hast du nicht angerufen?«

Mein Herz raste. Ich versuchte, die Fassung zu bewahren und klar zu denken. Was nun?

Sie musterte mich missbilligend.

»Und wie du aussiehst! Barfuß, bist du noch zu retten? Du wirst dich verletzen, ganz abgesehen von dem ganzen Hundedreck überall. Zum Glück ist Herr Peter für zwei Tage weg. Ich hätte mich ja vor ihm schämen müssen, jetzt, wo du die Lehrstelle bei ihm hast. Ist Clemens schon zu Hause?«

Ich schluckte.

»Mami, hör zu, ich muss dir etwas sagen …«

Sie zuckte zusammen.

»Um Himmels willen, Alice, ist ihm etwas passiert?«

Ich schüttelte heftig den Kopf.

»Nein, ihm nicht. Er ist schon in Ordnung. Es ist nur ... Ich bin vor ihm weggelaufen.«

Sie starrte mich an. Ihre Antwort kam rasch und nervös.

»Was soll denn das jetzt schon wieder heißen?«

Ich spreizte hilflos die Hände. In mir war ein Beben, ein Frösteln, als hätte ich hohes Fieber. Zuerst brachte ich nichts als Satzfetzen über die Lippen. Und gleichzeitig spürte ich bei jedem gestammelten Wort, wie der Schmerz wuchs, den ich ihr zufügte, obwohl ich alles in der Welt gegeben hätte, um sie davor zu bewahren.

»Er ... wollte mich nackt mit seiner Videokamera aufnehmen. Ich wollte das nicht, da hat er mich geschlagen. Hier, sieh nur, den blauen Fleck. Ich habe gesagt, ich würde dir alles erzählen. Er hatte so komische Augen. Ich fand ihn so widerlich, Mami! Er sagte, ich könnte dir erzählen, was ich wollte, du würdest mir ja sowieso nicht glauben. Und er würde dafür sorgen, dass ich in eine Erziehungsanstalt käme. Aber du glaubst mir doch, Mami, nicht wahr?«

»Genug!«, murmelte sie, mit weißen Lippen.

»Aber Mami ...«

»Hör auf! Kein Wort mehr!« Sie klemmte ihren Ordner unter den Arm, drückte beide Handflächen an die Schläfen. »Himmel, Alice! Du kannst einem auf die Nerven gehen. O Gott, das ist alles nicht wahr!«

»Mami, ich lüge nicht, es stimmt wirklich!«

»Schweig!«, kreischte sie. »Es reicht! Ich kann mir sehr gut vorstellen, was passiert ist. – Du räkelst dich halbnackt vor ihm auf dem Sofa und wunderst dich dann über die Folgen. Clemens würde nie so etwas tun, nie. Du hast ihn provoziert!«

Ich hörte, was sie sagte, und dachte, ich träume. Das Blut pochte mir in den Adern. Die Knie gaben unter mir nach. Ich konnte mich kaum auf den Beinen halten.

»Du bist fünfzehn, immerhin kein Kind mehr«, fuhr sie atemlos fort. »Es ist gemein und abscheulich von dir, solche Sachen von Clemens zu erzählen. Clemens ist ein anständiger Mensch, ich habe volles Vertrauen zu ihm. Aber ich weiß schon, du bist eifersüchtig auf mich. Das bist du schon immer gewesen. Du tust alles, um Unfrieden zu stiften, um unsere Beziehung zu zerstören!«

Verzweiflung stieg in mir hoch, überschwemmte mich wie eine Welle. Diese Frau, die mir solche Worte an den Kopf warf, hatte nicht das Geringste mit meiner Mami zu tun. Mit meiner Mami, die ich lieb hatte und die ich doch nur beschützen wollte …

Etwas in meinem Kopf begann zu hämmern, zu glühen. Mit einem Mal fing ich an zu heulen. Und schluchzend rief ich:

»Das stimmt nicht, das stimmt überhaupt nicht! Clemens liebt dich nicht. Kein bisschen. Er bleibt nur bei dir, weil du ihm Geld gibst. Sonst hätte er sich schon längst eine andere gesucht!«

Weiter kam ich nicht. Sie stieß einen seltsamen Laut aus, versetzte mir rechts und links eine Ohrfeige. Ich taumelte zurück. Mein Hinterkopf schlug an ein Regal; es krachte, ein Blitz zuckte in mir auf. Dann Stille. Wir starrten uns an. Sie wirkte ebenso erschrocken wie ich. Auf einmal machte ich kehrt und rannte die Stufen hinauf. Ich lief durch den Laden, an den verdutzten Verkäuferinnen vorbei, stieß an einen Tisch. Ein Gegenstand fiel zu Boden. Irgendwie brachte ich die Tür auf, lief nach draußen. In den Fensterfronten spiegelte sich der Abendhimmel. Ich bog um eine Ecke, dann um die nächste, ich lief und lief. Mein Gesicht brannte, ich sah alle Dinge verschwommen. Menschen überholten mich, kamen mir entgegen. Im Laufen prallte ich gegen einen Mann, der mich festhielt. Ein freundliches Gesicht, ein nachsichtiges Lächeln.

»Hoppla, junge Dame! Nicht so hastig …«

Ich riss mich los, entschuldigte mich nicht mal. Blindlings rannte ich über die Straße, gerade als sich der Verkehr in Bewegung setzte. In letzter Sekunde wich ich einem Kotflügel aus. Der Fahrer hupte mich zornig an. Keuchend blieb ich am Straßenrand stehen, fuhr mit dem Handrücken über mein verheultes Gesicht. Meine Fußsohlen brannten. Mühsam schleppte ich mich weiter, versuchte, wieder zu Verstand zu kommen. Was nun? Wohin mit mir? Ich war so entsetzlich allein. Tenzin lag im Krankenhaus, Chimi war in Sankt Gallen, Paul und Barbara waren in Celerina. Wo sollte ich bloß die Nacht verbringen? Ich konnte nicht nach Hause zurück, das war ausgeschlossen, unmöglich. Der bloße Gedanke an Clemens machte mich krank. Ich hasste ihn, und ich hasste auch Doris. Schrecklich, was sie gesagt hatte! Ich wühlte in meinen Sachen, suchte vergeblich ein Taschentuch und schnäuzte mich mit den Fingern, die ich an meinen Shorts abwischte. Als ich vor einer Ampel wartete, bog gerade eine Straßenbahn um die

Ecke. Ich rannte bis zur Haltestelle, stieg rasch ein und setzte mich auf einen freien Platz. Ich atmete stoßweise, durch den Mund. Mein Gesicht glühte, selbst das Innere meiner Augen schien zu brennen. Aber nun wusste ich, wohin ich gehen konnte.

KAPITEL 16

Bis zur Lerchenstraße waren es nur ein paar Haltestellen. Doch als ich ankam, schien es mir, als ob inzwischen Stunden vergangen wären. Die ersten Sterne funkelten bereits, als ich das Tor aufstieß, durch den Garten lief. Die Fenster waren erleuchtet. Ich klingelte. Im Flur ging Licht an, ich hörte schlurfende Schritte. Kaum drehte sich der Schlüssel im Schloss, wurde ein Kläffen und ein erregtes Kratzen laut. Devi zwängte sich durch den Türspalt, sprang freudig winselnd an meinen Beinen hoch. Vor mir erschien die Amla in der Tür. Das Licht fiel auf ihr goldbraunes Gesicht, beleuchtete die hohe Stirn, die ruhigen, klaren Augen. Meine Seele, mein ganzer Körper, wund und erschöpft, sehnten sich nach Wärme, Verständnis und Trost. Mir war, als ob ich eine Last auf den Schultern geschleppt hätte, schon wochenlang, und sie endlich absetzen konnte, dort, wo ich hingehörte. Ein paar Sekunden lang stand sie da, ohne sich zu rühren. Dann zog sie mich wortlos an sich. Alle Spannung, aller Zwang fiel plötzlich von mir ab. In ihren Armen, in ihr schimmerndes schwarzes Haar verfangen, weinte ich, als wollte ich meine Seele in Wasser ertränken. Sie stellte keine Frage, sondern streichelte mich stumm. Dann sah ich, wie Pema in den Flur trat. Auch Yeshe war plötzlich da, schon im Schlafanzug, und starrte zu mir empor. Die Amla brach schließlich das Schweigen.

»Komm, Kind! Beruhige dich …«

Diese deutschen Worte waren ihr vertraut. Sie musste sie schon oft zu ihren Enkeln gesagt haben. Sie ließ ihren Arm um meine Schulter gleiten. Ich bewegte mich wie im Schlaf. Sie führte mich in die Wohnküche, setzte sich zu mir auf die Eckbank, streichelte sanft meine Hand.

»Tee?«, fragte Pema in heiterem Tonfall. »Oder soll ich dir etwas zu essen machen?«

Ich schüttelte den Kopf; mein Magen war ganz verkrampft.

»Nein, danke. Nur etwas Tee.«

Sie machte sich am Herd zu schaffen. Meine Nase lief. Die Amla steckte die Hand in die Tasche ihres Kleides und brachte ein sauberes Taschentuch zum Vorschein.

»Danke«, schluchzte ich.

Yeshe beugte sich über den Tisch.

»Warum heult Alice?«

»Yeshe, sei nicht so neugierig!«

Pema holte eine Teedose aus dem Schrank. Ich schnäuzte mich. Endlich konnte ich sprechen. Ich fragte:

»Wie … wie geht es Tenzin?«

»Er hat vorhin angerufen. Die Untersuchungen sind gemacht worden. Er wird morgen Früh um neun operiert.«

Die Amla nickte mir beruhigend zu. Vielleicht dachte sie, dass ich mich wegen Tenzin so aufregte. Ich fühlte mich verpflichtet, eine Erklärung abzugeben.

»Ich … ich bin von zu Hause fortgelaufen.«

Pema sah mich kurz an und sagte ein paar Worte in tibetischer Sprache. Yeshe machte Kulleraugen. Die Großmutter erwiderte etwas und drückte meine Hand. Pema wandte sich wieder mir zu.

»Die Amla sagt, wasch dein Gesicht, bevor du erzählst. Dann fühlst du dich besser.«

Yeshe zeigte mir das Badezimmer. Ich drehte den Wasserhahn auf und beugte mich über das Waschbecken. Ich spritzte mir kaltes Wasser ins Gesicht, ließ es über die Arme laufen. Als ich den Kopf hob, sah ich im Spiegel mein Gesicht, nass, als wäre es noch mit Tränen bedeckt. Entsetzlich sah ich aus, ganz aufgedunsen, mit geröteten Augen und zerzaustem Haar. Ich trocknete mich ab, putzte mir die Nase. In einer Bürste steckte ein Kamm, den ich benutzte. Die Amla hatte schon Recht, jetzt ging es mir besser.

Als ich in die Wohnküche kam, dampfte Tee in grünen Keramiktassen.

»Nimmst du Zucker?«, fragte Pema.

»Ja, gerne.«

Sie schob mir die Dose über den Tisch. Dann holte sie eine silberne Schale mit Plätzchen aus dem Schrank. Sofort streckte Yeshe die Hand danach aus.

»Yeshe!«, rief seine Mutter warnend.

Er grinste zerknirscht, zog die Hand zurück. Seine Augen waren ganz rund, schwarz und glänzend wie Brombeeren.

Unwillkürlich lächelte ich. Pema zeigte ihre schönen Zähne.

»So, jetzt gefällst du mir besser.«

Sie wirkte ungemein pragmatisch und selbstbewusst, nicht so gazellenhaft wie Chimi, aber ebenso energisch. Ich schlürfte den heißen Tee; es tat gut. Ich knabberte sogar ein Plätzchen. Alles war friedlich. Der kleine Hund schlief unter dem Tisch. Seine Schnauze ruhte auf Amlas Fuß. Beide Frauen warteten ruhig, bedrängten mich nicht mit Fragen. Ihre stumme Zuneigung gab mir den Mut, das Schweigen zu brechen.

»Eigentlich wollte ich vorher anrufen«, begann ich zögernd. »Aber ich hatte die Nummer nicht mehr im Kopf ...« Auf einmal fiel es mir nicht mehr schwer zu reden. Zwar stockte ich ein paar Mal zwischendurch, aber es war leichter, als ich dachte. Ich sagte, dass ich Clemens nie mehr sehen wollte, dass er meine Mutter ausnutzte und sie nichts davon merkte oder nichts merken wollte. Als ich von Doris sprach, kamen mir erneut die Tränen.

»Ich ... ich dachte, sie würde zu mir halten. Sie wäre froh darüber, dass ich sie gewarnt habe, und würde Clemens sofort vor die Tür setzen. Stattdessen ...«

Die Worte blieben mir im Hals stecken. Ich konnte vor Schluchzen kaum weitersprechen. Zum Glück hatte ich Amlas Taschentuch. Yeshe zupfte Pema am Ärmel.

»Warum ist die Mutter böse auf Alice?«

Pema schüttelte den Kopf.

»Sie ist nicht richtig böse, das bildet sich Alice nur ein. Da, nimm noch ein Plätzchen.«

»Doch, sie ist böse auf mich!«, rief ich. »Sie hat nur diesen Scheißkerl im Kopf. Ich gehe nicht nach

Hause, nie mehr. Ich will nicht mehr bei meiner Mutter wohnen. Ich warte, bis mein Vater wieder da ist, dann gehe ich zu ihm. Aber er kommt erst in zwei Wochen von Celerina zurück. Und inzwischen …«

Ich legte beide Arme auf den Tisch, versteckte mein Gesicht und heulte wieder. Da spürte ich einen Luftzug, eine Bewegung. Ein Schatten beugte sich über mich. Ich roch den leichten Weihrauchduft, der aus Amlas Kleidern strömte. Sie legte ihre Hand auf meinen Kopf, ein sachtes, zärtliches Streicheln.

»Nicht weinen«, sagte sie. »Alles bald wieder gut.«

Das Taschentuch war schon ganz nass. Ich suchte eine trockene Stelle. Die Amla richtete jetzt das Wort an Pema. Beide Frauen sprachen ziemlich lange. Schließlich sagte Pema:

»Beruhige dich, Alice. Es ist nicht deine Schuld. Diesen Mann muss man wirklich verabscheuen. Wir finden es gut, dass du deine Mutter warnen wolltest. Aber Eltern haben oft Mühe, ihre Fehler einzusehen. Sie schätzen es nicht, wenn Kinder Kritik üben. Vielleicht war es auch nicht der richtige Zeitpunkt dafür. Deine Mutter hatte einen anstrengenden Tag hinter sich. Sie war müde und reizbar. Morgen wirst du sicher wieder mit ihr reden können.«

»Ich will nicht mehr mit ihr reden!«, schrie ich. »Kein einziges Wort!«

Die Amla fing wieder an zu sprechen, und Pema übersetzte:

»Sie sagt, dass du heute Abend hier schlafen kannst. Wir haben immer viel Besuch. Bettzeug ist genug da. Aber du solltest deine Mutter anrufen, damit sie sich keine unnötigen Sorgen macht.«

Ich lachte auf, aber es klang wie ein Schluchzen.

»Der ist es doch sowieso egal, wo ich bin! Die bumst jetzt mit Clemens und hat endlich ihre Ruhe.«

Pema stand auf und stellte die Tassen in die Spüle.

»Das übersetze ich nicht«, sagte sie. »Möchtest du wirklich nichts essen?«

Ich schüttelte wortlos den Kopf. Die Amla betrachtete mich mit ernstem Gesicht; ich schaute beschämt zurück und wandte sofort die Augen ab. Hoffentlich hat sie nicht verstanden, was ich gesagt habe, dachte ich kleinlaut.

Pema führte mich die Treppe hinauf in den ersten Stock, stieß eine Tür auf und machte Licht.

»Hier hat früher Chimi gewohnt. Das Gerümpel gehört Tenzin.«

Im Raum befanden sich Kisten, Schachteln, Regale voller Bücher. Auf einem Schreibtisch stapelten sich alte Hefte und Zeitschriften. Eine Stehlampe beleuchtete ein abgenutztes Sofa. Während Yeshe neugierig zusah, holte Pema Bettzeug aus einer Kommode. Wir bezogen das Sofa; ich stülpte den Bezug über das Kopfkissen. Pema wühlte in einer Schublade herum, brachte einen sauberen Schlafanzug zum Vorschein.

»Ich glaube, der gehört Tenzin. Ist ja egal ...«

Sie warf mir den Schlafanzug zu und beförderte Yeshe mit einem Klaps aus dem Zimmer.

»Los, Junge, ab ins Bett!«

Zu mir sagte sie:

»Dusche und Toilette sind gleich gegenüber. Hier, ein frisches Handtuch. Hoffentlich hat Yeshe die Klospülung gezogen. Und morgen Früh kannst du ausschlafen, so lange du willst.«

Ich putzte mir die Zähne mit einer Bürste, die ich im Badezimmer fand. Dann stellte ich mich unter die heiße Dusche, scheuerte meine Fußsohlen mit Seife. Das Wasser massierte meine verkrampften Muskeln. Ich hatte nur noch ein einziges Bedürfnis: schlafen. Der Pyjama war zu groß für mich. Unwillkürlich lächelte ich vor mich hin. Wenn Tenzin wüsste, dass ich jetzt seinen Schlafanzug trug! Ich hatte solche Sehnsucht nach ihm. Der Gedanke an Tenzin tröstete mich. Alles, was sich zugetragen hatte, schien mir plötzlich unwirklich und fern. Ich legte mich auf das Sofa, schob mir das Kissen unter den Kopf, wickelte mich in die Decke. Als ich die Stehlampe löschte, schien ein blauer Lichtschimmer durch die Rollläden. Ich atmete tief und gelöst. Seit Clemens bei uns wohnte, hatte ich keine einzige Nacht ruhig geschlafen. In diesem fremden Zimmer fühlte ich mich vollkommen friedlich, geborgen, in Sicherheit. Ich drehte mich auf die andere Seite und schlief sofort ein.

KAPITEL 17

Als ich erwachte, erblickte ich, das Gesicht noch zur Wand gekehrt, einige helle Lichtstreifen. Ich spürte das ungewohnte Bett, den frischen Bezug. Durch die Ritzen der Rollläden leuchtete die Morgensonne. Ich ließ meine Augen im Zimmer umherwandern, erkannte keinen vertrauten Gegenstand. Ich hatte geschlafen, tief und traumlos, und wusste im Augenblick nicht, wo ich war. Ich hörte ein dumpfes Poltern im Gang, das Rasseln eines Spielzeugautos und eine Frauenstimme, die in einer fremden Sprache etwas rief. Jetzt erinnerte ich mich, wo ich mich befand. Draußen war es still geworden: Pema hatte Yeshe wohl zur Ruhe gemahnt. Ich streckte mich, sank mit einem Seufzer in mich zusammen. Unruhe und Schmerzen steckten noch in mir, aber irgendwie würde ich schon damit fertig werden. Und das Wichtigste: Ich war mit meinen Problemen nicht mehr allein. Hier gab es Menschen, die mir helfen würden.

Ich ging in den Duschraum und wusch mich, zuerst warm, dann kalt. Das Wasser gurgelte in den Ausguss hinunter; mir war, als ob ich von allen Sorgen gereinigt würde. Das Zeug, das ich am Tag zuvor getragen hatte, war schmutzig und verschwitzt. An einem Haken hing ein weißer, ziemlich abgenutzter Bademantel. Den zog ich an. Als ich den Duschraum verließ, kam Pema gerade die Treppe herauf und sammelte Yeshes Spielzeug ein. Sie lächelte und seufzte dabei.

»Yeshe kann das Toben nicht lassen. Jetzt habe ich ihn nach draußen geschickt.«

»Wie spät ist es?«

Sie blinzelte verschmitzt.

»Bald Mittag, aber das macht nichts. Gut geschlafen?«, fügte sie hinzu.

»Ja. Aber ich habe nichts anzuziehen«, sagte ich verlegen.

»Mein ganzes Zeug stinkt.«

»Ach, wir finden schon etwas.«

Fünf Minuten später kam ich, von Kopf bis Fuß frisch eingekleidet, in die Wohnküche. Ich trug einen Slip von Chimi, Jeans von Tenzin und eine Bluse von Pema, die so altmodisch war, dass sie total schick wirkte.

»Wo ist die Amla?«, fragte ich.

Pema deutete zum Gebetsraum neben dem Wohnzimmer. Ich zögerte. »Kann ich … zu ihr gehen?«

»Komm.«

Stumm trat ich hinter ihr in den Gebetsraum. Es duftete nach Weihrauch und Äpfeln. Die Amla stand vor dem Altar. Aus einem kleinen Zinnkrug, den sie in der Hand hielt, goss sie zerlassene Butter auf die kleinen Lampen auf dem Tragbrett. Dann zündete sie jede Lampe mit einem Streichholz an. Ihr Gesicht sah heiter und entrückt aus, ganz der heiligen Handlung hingegeben.

Nach einer Weile wandte sich die Großmutter mir zu. Mit einer leicht angedeuteten Geste, bei der nur ihre Fingerspitzen aus dem Kleid hervorschauten, winkte sie mir zu.

»Sie wünscht, dass du mit ihr betest«, sagte Pema leise.

Ich näherte mich der alten Frau, faltete die Hände, wie sie es mir zeigte. Leise, aber deutlich sprach sie mir die Worte vor:

»Om mani padme hum.«

Mit rauer Stimme murmelte ich die Formel, die sie mir beibrachte, sprach sie wieder und wieder, bis ich sie auswendig konnte. Und während mein Gedächtnis die Worte aufnahm, schien mein Geist aus großer Höhe nach unten zu schweben, um sich wieder mit meinem Körper zu vereinen. Etwas in mir war wiedererweckt: Ich war immer noch ich selbst und schon eine andere.

»Was ist das für ein Gebet?«, fragte ich Pema, als wir etwas später in der Küche saßen. Sie stellte Brot hin, holte Butter aus dem Kühlschrank. Der Kaffee blubberte in der Maschine.

»Die wörtliche Übersetzung lautet: ›O Edelstein im Herzen der Lotosblüte!‹ Dieser Ausruf an Buddha ist das erste Gebet, das wir unseren Kindern beibringen.«

»Hilft dieses Gebet?«

Sie lächelte amüsiert. Zum Glück nahm sie mir die blöde Frage nicht übel.

»Beschwörungsriten dienen der Autosuggestion. Es gibt gute und böse Beschwörungsformeln. Es ist wichtig, dass wir nur gutartige Worte aussprechen oder schreiben, denn sobald wir die bösartigen weitersagen, geben wir ihnen Kraft. Jeder von uns muss sich bemühen, das Böse niemals wachzurufen, sondern stattdessen Eigenschaften wie Mitleid, Liebe und Verständnis zu fördern. Klingt das zu kompliziert?«

Ich schüttelte stumm den Kopf.

»Die Worte, die du heute gelernt hast«, sagte Pema, »vertreiben das Böse und machen uns stark.«

»Betet Tenzin auch jeden Morgen?«

Sie nickte ernst.

»Aber sicher. Das tun wir doch alle. Es gibt eine große Notwendigkeit dafür. Denn überall herrscht Gewalt und Zerstörung, und beides ist Gift für die Menschheit.«

Sie goss Kaffee ein. Die Amla kam in die Küche, lächelte und holte ein Glas Marmelade aus dem Schrank.

»Von mir gemacht«, sagte sie. »Mit Himbeeren.«

Sie drückte sich nur in einfachen Worten aus, aber ich wusste jetzt, dass sie alles verstand. Sie setzte sich zu mir auf die Eckbank, legte mir ihren Arm um die Schulter.

»Sei ruhig, es geht vorüber.«

Ich lehnte mich an sie. Plötzlich überkam mich wieder das heulende Elend.

»Ich weiß nicht, was ich machen soll.«

»Du denkst, es sind schlimme Dinge passiert«, sagte sie voller Zärtlichkeit. »Da irrst du dich. Alles wird gut.«

Ich half Pema gerade dabei, die Küche in Ordnung zu bringen, als es klingelte. Devi sprang kläffend auf. Ich hörte das Trippeln der kleinen Pfoten im Flur. Pema warf mir einen raschen Blick zu und verließ die Küche, während ich die Tassen in die Spüle stellte. Die Haustür ging auf. Starr vor Schreck vernahm ich Doris' Stimme.

»Ist Alice noch hier?«

»Ja, Alice ist bei uns«, antwortete Pema ruhig. »Kommen Sie doch herein.«

»Danke, dass Sie gestern noch angerufen haben«, hörte ich Doris atemlos sagen. »Ich hatte mir große Sorgen um sie gemacht.«

Ich rannte aus der Küche, an Doris vorbei, ohne auch nur einen Blick auf sie zu werfen. Ich polterte die Treppe hinauf, stürzte in das Zimmer, in dem ich geschlafen hatte. Ich knallte die Tür zu, wollte den Schlüssel drehen und merkte, dass keiner im Schloss steckte. Verzweifelt setzte ich mich auf das ungemachte Bett, verschränkte die Arme, rollte die Schultern mit kreisenden Bewegungen. Doris! Was wollte sie von mir? Pema hatte sie benachrichtigt. Klammheimlich, während ich schlief. Sie hatte mein Vertrauen missbraucht; ich war so wütend! Ich fühlte mich hintergangen, betrogen. All das schöne Gerede über Gut und Böse? Nichts als leere Sprüche! Alle lügen, wenn es darauf ankommt, dachte ich, auch die, die einem nahe stehen. Tenzin womöglich auch. Warum sollte er besser sein als andere Menschen? Einsichtiger? Ehrlicher? Und auch die Amla … Da – ein leises Klopfen. Ich zuckte zusammen. Ein paar Sekunden vergingen. Ich rührte mich nicht. Dann wieder das Klopfen. Die Tür ging langsam auf.

»Alice?«, sagte Doris.

»Geh weg!«, zischte ich.

Doch sie kam herein, schloss leise die Tür hinter sich. Ich verkroch mich in eine Ecke des Bettes, ganz dicht an die Wand, und sah sie böse an.

»Ich will nicht mit dir reden.«

»Alice, es tut mir Leid.«

Die Art, wie sie das sagte, machte mich betroffen. Ihre Stimme klang erstickt, als ob sie gegen Tränen ankämpfte. Ich hatte noch nie erlebt, dass Doris heulte. Nicht einmal damals, als Paul sich von ihr getrennt hatte. Das alte Sofa quietschte, als sie sich neben mich setzte. Ich warf ihr einen Seitenblick zu. Ihr Gesicht war blass, ihr Haar strähnig, unter ihren Augen waren dunkle Schatten. Ich holte tief Luft.

»Du kannst sagen, was du willst, ich bleibe hier. Ich komme nicht mehr nach Hause, solange Clemens da ist.«

»Er ist fort«, sagte sie dumpf.

Ich richtete mich ruckartig auf, so als ob mich etwas gestochen hätte.

»Fort?«

Sie knetete ihre Hände und antwortete, den Blick ins Leere gerichtet:

»Ich hab ihm zwei Stunden Zeit gegeben, um die Wohnung zu verlassen.«

Schweigen. Ich starrte sie an. Sie saß ganz still da, mit gekrümmtem Rücken. Auf ihrem Hals hatten sich tiefe Falten gebildet. Jetzt sprach sie weiter, wie im Traum:

»Gestern Abend war ich ganz schrecklich wütend auf dich. Als ich Clemens fragte, was denn eigentlich passiert sei, wirkte er seltsam, irgendwie anders als sonst. Er sagte, er habe doch nur Spaß machen wollen. Und du würdest dir irgendwelche Dinge einbilden, die nicht stimmten. Mädchen in deinem Alter hätten viel Fantasie. Seine Erklärungen befriedigten mich nicht. Außerdem machte ich mir Sorgen um dich, kam richtig in Panik …«

Im Geist sah sie mich in einer Dealer-Kneipe. Oder von Zuhältern verschleppt. Sie wollte schon die Polizei alarmieren. Und dann rief Pema an. Doris fiel ein Stein vom Herzen. Pema sagte, ich könne bei ihr wohnen, bis ich mich beruhigt hätte. Doris wollte mit mir reden, aber Pema sagte, dass ich bereits schlief. Nach Pemas Anruf sagte Clemens: »Sei froh, dass du sie los bist. Kann sie nicht während der Ferien bei diesen Tibetern bleiben? Es ist doch besser, sie kommt wieder mit ihren Landsleuten zusammen.«

Doris fand die Bemerkung sonderbar. Clemens betonte immer wieder, wie falsch und heimtückisch ich sei. »Das Mädchen lügt wie gedruckt, ist dir das noch nie aufgefallen?«

Doris' Unbehagen wuchs. Sie tat in dieser Nacht kein Auge zu. Immer wieder dachte sie, da stimmt etwas nicht. Klar, Alice hat ihre Fehler. Sie ist ein vorlauter Dickschädel, aber gelogen hat sie noch nie. Doris erinnerte sich an gewisse Dinge, die Clemens ihr erzählt hatte. Sie hatte ein schlechtes Gefühl. Plötzlich kam ihr in den Sinn, dass Clemens eine Zeit lang Erzieher in einem Heim für behinderte Jugendliche gewesen war. Die Stelle hatte er aufgegeben, weil er – wie er gesagt hatte – für diese Aufgabe zu empfindliche Nerven hatte. Wenn er Erzieher war, dachte Doris, wie kann er Alices Verhalten so schlecht beurteilen? Am Morgen trat sie zu Clemens ins Badezimmer. Er stand vor dem Spiegel, sein Rasierapparat summte. Doris legte die Arme um ihn, lächelte und sagte:

»War das ein schlimmer Abend! Du hast schon Recht, Alice ist unausstehlich. Aber du wirst solche Szenen ja gewohnt sein. Wie hieß noch die Anstalt, wo du als Erzieher warst?«

Er ging in die Falle und nannte den Namen. Doris frühstückte mit ihm und verließ die Wohnung. Statt in die Innenstadt zu fahren, rief sie bei der Leiterin des Heims an, bat um eine Unterredung unter vier Augen. Zum Glück war die Frau nicht in den Ferien. Sie sagte, sie dürfe solche Dinge eigentlich nicht bekannt geben, aber sie sehe es als ihre Pflicht an, Doris zu warnen: Clemens hatte behinderte Jugendliche zu unzüchtigen Handlungen überredet, sie auf Video aufgenommen und die Porno-Videos verkauft. Ein Strafverfahren war eingeleitet worden. Clemens hatte sechs Monate im Gefängnis verbracht.

Für Doris brach die Welt zusammen. Sie ging zu Clemens ins Büro und stellte ihn zur Rede. Er bestritt alles. Sie wollte wissen, was er außer Regenschirmen und Nippsachen noch verkaufte. Er weigerte sich, es ihr zu sagen, aber sie verschaffte sich Zugang zu seinem Lager.

Doris sprach leise und stockend, wobei sie unentwegt ihre Hände knetete.

»Er verkauft brutale Pornofilme, richtig harte Sachen, die er aus Amsterdam kommen lässt. Er hat Versandkataloge dafür drucken lassen. Mit meinem Geld …«

Sie hielt inne und stieß einen tiefen Seufzer aus.

»Ich kann ihn nicht anzeigen. Er macht sich nicht strafbar, solange er diese Dinge an Erwachsene verkauft. Aber das Darlehen muss er mir sofort zurückzahlen.«

Abermals Stille. Ich hörte nur ihre tiefen Atemzüge.

Schließlich brach ich das Schweigen.

»Ich konnte sein Rasierwasser nicht mehr ertragen, das roch so ekelhaft.«

»Ach, Alice«, flüsterte Doris, »es tut mir so Leid.«

Sie wandte den Kopf; unsere Blicke trafen sich. Das Sonnenlicht schien ihr voll ins Gesicht. In ihren Augen war ein seltsames Flackern. Ihre Wangen waren eingesunken, die Lippen blass. Auf einmal brach sie in Schluchzen aus. Ich legte beide Arme um sie. Nicht ich, sondern sie war es, die jetzt Beruhigung, Zärtlichkeit und Trost suchte. Wir weinten beide, es war eine große Heulerei, aber die Amla hatte schon Recht, jetzt war alles wieder gut. Nach einer Weile trennten wir uns, sahen uns an, beide mit nassem Gesicht, roten Augen und ohne Taschentuch.

»Bist du sicher, dass er nicht mehr da ist, wenn wir zurückkommen?«, fragte ich.

Ihr Unterkiefer zitterte.

»Ich habe ihm mit der Polizei gedroht.«

»Aber er hat noch den Schlüssel.«

»Ich lasse das Schloss ändern. Und heute Abend schieben wir das Sofa vor die Tür. Oder möchtest du lieber noch eine Nacht hier schlafen?«

Ich schüttelte den Kopf.

»Nein. Ich will bei dir sein. Zur Sicherheit. Und

wenn er sich blicken lässt, knalle ich ihm das Bügeleisen an den Kopf. Aber das darf die Amla nicht wissen, sonst sagt sie, man schlägt nicht einmal eine Mücke tot.«

Sie wischte sich die Tränen aus den Augen.

»Ich habe heute Nacht so viel über uns nachgedacht, Alice. Ich glaube jetzt, dass das gut ist, was du vorhast. Abitur zu machen, meine ich. Aus dir soll etwas werden. Du hast vernünftige Vorstellungen, und es war falsch von mir, dass ich versucht habe, dir den Weg zu verbauen. Ich ... ich war so idiotisch und hatte nur Clemens im Kopf.«

Ich schluckte.

»Also, damit du es weißt ... Ich habe Herrn Peter geschrieben und die Lehrstelle abgesagt.«

Sie starrte mich an.

»Ohne mich zu fragen?«

»Du hättest ja doch nur Theater gemacht.«

Erst war sie sprachlos. Dann sagte sie:

»Du tust wirklich alles, um meine Geduld zu strapazieren.

Aber für diesmal lasse ich es gelten. Herr Peter ist nett; ich werde ihm die Sache erklären. Übrigens werde ich im nächsten Jahr bei ihm Prokuristin. Da verdiene ich mehr Geld und kann für dein Studium aufkommen. Nicht, weil es meine Pflicht ist. Sondern weil ... weil ich dich liebe.«

Sie konnte kaum weitersprechen. Eine Zeit lang würde es noch schlimm für sie sein, bis der Schmerz nachließ. Vielleicht würde sie eines Tages einen anderen Mann kennen lernen. Einen, dem sie vertrauen konnte, der ehrlich und gut zu ihr war. Wir tauschten zögernd ein Lächeln. Ich gab ihr einen Kuss; noch waren wir unsicher und verstört, wussten nicht genau, wie wir miteinander umgehen sollten. Aber neue Kräfte waren geweckt, die sich gegen Herzenskälte und Falschheit richteten, gegen Egoismus und Gewalt, gegen alles, was die Menschen einsam und traurig macht.

KAPITEL 18

Die Klinik befand sich etwas außerhalb der Stadt, auf einem Hügel. Chimi hatte mich mit dem Kombi vom Bahnhof abgeholt. Sie fuhr wie bei einem Auto-Cross. Ihre dunklen Augen blitzten, das glänzende Haar fiel in weichen Wellen über ihre Schultern.

»Dr. Marti ist sehr zufrieden. Aber Knieoperationen sind heikel. Dr. Marti will ihn noch zwei Wochen im Krankenhaus behalten. Zur Sicherheit.«

»Das ist eine lange Zeit«, seufzte ich.

»Ja, aber Tenzin darf jeden Tag ein paar Schritte mit einer Krücke gehen und sich in den Garten setzen. Und sobald die Wunde heilt, beginnt die Physiotherapie.«

Chimi wollte am selben Tag wieder nach Zürich zurück.

Ich würde mit ihr fahren.

»Was ist das für eine Geschichte?«, fragte sie, mit amüsierter Neugierde. »Pema hat mir am Telefon erzählt, dass du bei uns übernachtet hast.«

Ich berichtete in groben Zügen. Chimi hatte wichtigere Sachen im Kopf.

»Ach, ich hatte einen Riesenkrach mit meiner Mutter. Die hatte sich einen unmöglichen Typ geangelt. Jetzt ist sie ihn losgeworden, und wir vertragen uns wieder. Ich darf das Abitur machen, ohne dass sie in die Luft geht.«

Chimi hielt ruckartig vor einem Rotlicht.

»Da bin ich aber froh für dich!«

»Ich will Medizin studieren«, sagte ich stolz. »Und später mit Tenzin nach Indien gehen.«

Die Ampel wechselte auf Grün. Chimi gab Vollgas.

»Großartig!«

Fünfzehn Minuten später parkte sie mit quietschenden Bremsen vor dem Krankenhaus. Sie begleitete mich an den Anmeldeschalter, ließ ihren Autoschlüssel unternehmungslustig rasseln und blinzelte mit beiden Augen gleichzeitig.

»Du, da fällt mir gerade ein ... Ich wollte noch eine Freundin hier in Sankt Gallen treffen. Ich hole dich dann in einer Stunde ab, geht das?«

Wir tauschten ein Lächeln. Sie winkte, lief leichtfüßig die Stufen hinunter. Ihr Haar, schwarz mit einem rötlichen Schimmer, wehte im Sommerwind. Ich fuhr mit dem Aufzug in den zweiten Stock. Vor Tenzins Zimmer blieb ich stehen. Mein Herz hämmerte. Ich klopfte leise, drückte die Klinke herunter und trat ein. Es war ein Dreibettzimmer, aber außer Tenzin waren im Augenblick keine Patienten da. Sein Bett stand nahe beim Fenster. Die Sonne schien herein. Man hörte Vögel singen, und es duftete nach frischen Gräsern. Tenzin lag auf dem Kissen, den Kopf seitlich abgewandt. Als er mich sah, richtete er sich auf; ein Lächeln huschte über sein Gesicht. Er streckte den Arm aus. Unsere Hände schlangen sich ineinander. Ich setzte mich zu ihm auf den Bettrand.

»Wie fühlst du dich?«, flüsterte ich.

»Gut. Seit einer Minute sogar ausgezeichnet.«

»Zeig mal deinen Verband! Keine Schmerzen oder so?«

»Sie kommen und gehen. Ich schlucke Medikamente. Aber es wird schon besser.«

Ich lehnte mich über die Decke, drückte mein Gesicht an seinen Hals. Ein paar Sekunden lang schwiegen wir beide. Dann hörte ich, wie er leise lachte.

»Sag mal, ist das wahr? Du hast in meinem Bett geschlafen? In meinem Pyjama?«

Ich hob den Kopf und lachte mit ihm.

»Ich bin ausgerissen.«

Er nickte.

»Das weiß ich von Pema. Einzelheiten hat sie mir aber nicht gesagt. Ich nehme an, sie wollte mich schonen. Was war denn mit dir?«

Ich erzählte die Story, von Anfang an. Während ich sprach, streichelte er sanft mein Gesicht. Schließlich seufzte er.

»Das Böse steckt ebenso in uns wie das Gute. Wir müssen immer hellwach sein und gut aufpassen.«

»Warum hat meine Mutter nicht früher gemerkt, was mit Clemens los war?«

»Das Böse kann einen Menschen auch faszinieren, das ist die Gefahr.«

»Du meinst, dass sie es nicht wahrhaben wollte?«

Er nickte versonnen.

»Oft scheint das Böse zu siegen. Aber das Gute ist stärker.«

»Glaubst du das wirklich?«

Er tippte mit seinem Finger auf meine Nase.

»Da ist kein fauler Trick dabei. Es kommt nur auf uns selbst an. Und du siehst ja, es funktioniert.«

Ich hatte meine Turnschuhe abgestreift und mich neben ihn aufs Bett gelegt. Jetzt fehlte nur noch, dass eine Krankenschwester kam. Uns war alles egal. Wir sprachen leise, lachten verhalten, machten Pläne für den Rest der Ferien, für das kommende Jahr, für die Zukunft.

»Es ist schlimm, von dir getrennt zu sein.«

Er legte den Arm um mich.

»Wir werden alles nachholen.«

Wir sahen einander an, mit glänzenden Augen. Ich sagte:

»Komisch, dass ich mich plötzlich so erwachsen fühle.«

Er blinzelte schläfrig. Die Schmerzmittel machten ihn etwas benommen.

»Wir alle machen diese Erfahrung. Nicht nur einmal, sondern mehrmals. Und wir kommen dabei immer ein Stück weiter. Es ist wie bei dem Mandala, weißt du noch? Die Kraft geht von innen nach außen. Wir leben auf der Welt und sind ein Teil von ihr. Lieben wir einen Menschen, lieben wir die ganze Welt.«

Nach ein paar Atemzügen sagte ich lächelnd:

»Es ist ein schönes Gefühl, Tenzin. Gibt es ein Wort dafür?«

Er erwiderte mein Lächeln.

»Ja, Seelenfrieden.«

Die Sonne erfüllte den Raum: ein Flimmern, das alle Farben vermischte. Still und glücklich hielten wir uns in den Armen. Vor unserem inneren Auge leuchtete das Mandala, geboren aus tausend Schattierungen des Lichts. Wir zogen einen Kreis in Gedanken und sahen uns in der Mitte, als Spiegelbild.